U0068483

聶崇彬 著

請留下彩虹

一位精神貴族的人生啟示

一生中
有多少如意和不如意
並不重要
人生的意義
在於捕捉
生命中一閃即過的彩虹

前言

　　這本書能夠出版絕對是應了書名，心中要有彩虹。

　　很多年前，我還熱衷於做很多媒體專欄作家的時代。有位大陸雜誌做我專欄編輯的先生，突然告訴我他的那本雜誌結束了，而他本人也因此失業。他請求我以最快速度把自己的文字整理編輯成兩本書稿，交給他去尋找出版，他已做書商。他要得很急，說是家裡老婆孩子正等著他養呢。

　　很突然，沒有時間準備之餘也知道不一定就能夠出版，但還是趕著整理出來了。一來為了幫他，二來借此機會把多年的發表過的東西整理也沒有壞處。

　　兩本書稿初見規模的時候，他發短信告知好消息，他在一家企業找到工作了，負責包括企業雜誌在內的文化工作，旱澇保收。他沒再說什麼，我也懂這兩本書稿他不再需要了。突然的鬆弛和很快我得的一場大病不知有否關聯。不管怎樣，靜靜地的躺在電腦裡面那麼多年兩本書稿，還能重見天日，真是應了那句老話：「幫人就是幫自己。」

　　那段時間我除了經歷了癌症，兩次失業，還有婚變。在書中描寫的親親我我的老公義無反顧地走上了一條岔路和我分道揚鑣了，這對我是一個很大的諷刺，因為我一直認為這段婚姻是因前任是不體貼的大男人而老天補償我的。事情發生後才知道，其實老天想讓我嘗嘗被人甩是一個什麼滋味，且在毫無警示的情況下。

　　我曾經很開朗的認為，一直有小兒麻痺後遺症動過無數次手術但都適應的我，最多也是骨頭的問題，硬病；老天會眷顧我不

會讓我再得其他的病了吧，結果老天還是讓我嚐到了癌症的滋味。

而就在我剛做完了腫瘤切除手術，還為要化療還是電療極其猶豫的那個冬天的年關，突然，我一手創立的美食雜誌取消了總編輯這個位子，我失業了。

還好，我很會找彩虹。所以不但活過來了，且活得還不錯。

在失業期間我去了中國最高美術學府進修了一年，拿到了中國古老的畫種岩彩畫研究班的證書。雖然我還沒有實現書中寫到的生日願望：把自己的畫掛進某一家畫廊，但是在舊金山總圖書館我開了為期兩個月的個人畫展。

得了癌症的五年之後，醫生宣布我完全恢復了健康。

二〇一七年，剛滿六十歲的我接受了國際媒體集團星島出版社的邀請，創立一本時尚家居雜誌。

什麼是生活當中的彩虹呢？是你自己的信念、好學的熱情，和親朋好友的友好關係，還有心底的那份帶有鋒芒的善良。如果可以，請具備貴族精神的三大支柱，那就是文化教養、社會擔當和自由靈魂。人的格局一大，人心自然也會大，在困境中容易找到突破口，容易更上一層樓。

對了，喜愛美食，人生中的最重要的精神支柱。

人生當中的彩虹，一旦你看到了千萬不要忽略，留在心底，留著去抗衡那霧霾的雨季。

本書中的七張圖片都是我在此書出版前一個月的真實生活寫照。

本書獻給所有在困境中依然為自己美好的日子不懈努力著的朋友們！

目次

前言　　　　　　　　　　005

一、婚姻

相依的婚姻　　　　　　　015

婚姻的目的　　　　　　　017

誰是你生命中最重要的人　019

夫妻AA制　　　　　　　020

情人節的禮物　　　　　　022

心中的天秤　　　　　　　024

好男人出軌　　　　　　　026

當對方有了外遇　　　　　028

假性外遇　　　　　　　　030

需要和想要　　　　　　　032

我愛你　　　　　　　　　034

老公失蹤　　　　　　　　036

驚心十六小時　　　　　　038

法律的距離　　　　　　　041

節約的準則　　　　　　　043

中國拖鞋和美國鄉村音樂　045

二、心理

有容乃大	049
用幽默還擊無禮	051
心理自療	053
盡力而為和極盡全力	055
怎樣對待你的「上帝」	056
第四類情感	059
你想做誰	061
提倡簡單思維	063
男人累了	065
雙贏心態	066
人生不圓滿	068
標準不一	070
女人穿衣	071
做壞的準備——往好的努力	073
承受力的重要性	074
女人的眼淚	076
理解李安	078
李敖狹隘了	080

三、生活

人生需要牽掛	085
生日的幸福	086
生日願望	088

當作家不難（一）　090

當作家不難（二）　092

母親的愛　094

一生兒女奴　096

不開車的日子（上）　098

不開車的日子（下）　100

上海的發展　102

車輪滾滾　104

一等女人——陳香梅　106

熱愛生活　109

與眾不同的生活　111

中文事業靠洋夫打造　113

父親節的禮物　116

四、娛樂

加州陽光最貴　121

我曾瘋狂　123

逢酒必歡（上）　125

逢酒必歡（下）　127

酒逢新朋　129

禮輕情誼重　131

主題聚餐會　133

淘舊貨　135

旅遊　137

再見孔雀魚　139

與鸚鵡對歌　141

爺爺的牽牛花　143

最好的禮物　145

春天的悲劇　147

快樂露營樂不思蜀　149

艾頓‧莊寫給女人的歌　152

莊周蝴蝶夢（上）　154

莊周蝴蝶夢（下）　156

領帶和高跟鞋　158

五、知識

用國旗求救　163

救命英語　165

我的學校──圖書館　167

書的價值　169

善用互聯網　171

人人都要去露營　173

警車驚魂　175

開車的辛酸　177

創意　179

機場是吾家　183

黑色的風情　185

悲劇的細節　187

好醫生　　　　　　　　　　189

醫生的話　　　　　　　　　191

賑災的薺菜餛飩　　　　　　193

自助湯店　　　　　　　　　195

六、生命

活得精彩——陳逸飛　　　　199

讓他們自己選擇活法　　　　203

兒子（上）　　　　　　　　205

兒子（下）　　　　　　　　207

祖父二、三事　　　　　　　209

我的奶奶和她的五朵金花　　212

我爸　　　　　　　　　　　217

女部媽媽　　　　　　　　　219

我的偶像　　　　　　　　　223

一百歲　　　　　　　　　　227

病友　　　　　　　　　　　229

七、社會

劉墉和他的兒子　　　　　　235

令人震驚的真相　　　　　　237

世貿中心可以不倒　　　　　240

歧視　　　　　　　　　　　242

美國足球精神　　　　　　　244

足球和民權運動　　　　　248

聖誕節的意義　　　　　　250

人體實驗　　　　　　　　252

民族仇恨　　　　　　　　254

崑曲義工白先勇（上）　　256

崑曲義工白先勇（下）　　258

關注　　　　　　　　　　260

七小姐的廚房　　　　　　262

讀者　　　　　　　　　　264

偶像的作用　　　　　　　270

英雄　　　　　　　　　　272

為誰而戰　　　　　　　　274

「我是同性戀」　　　　　276

賭博　　　　　　　　　　280

我愛美國　　　　　　　　282

一、婚姻

選擇你所喜愛的，愛你所選擇的

——列夫托爾斯泰

在婚姻中保持自己獨立的空間尤為重要。

相依的婚姻

　　香港女作家張小嫻為描寫男女之間的感情，曾寫下這麼一段話：相吸是激情，相戀是愛情，相依是恩情．道出了同是一段感情，隨著時間的流逝卻會產生質的變化。

　　激情過後，愛情變淡，男女雙方只有相互依靠，彼此扶持，婚姻才能經得起生活地起伏，外界引誘地考驗，婚姻才能固不可破。

　　老同事結婚幾十年，夫妻倆各有各忙，從不覺得丈夫在自己的生活中，會對自己有多大說明．最近丈夫退休後，有時間獨自回中國，她才忽然覺得生活突然缺少了什麼，才明白自己離不開他。這就是相依。如果大家留意，可以在超級市場，書店，和博物館等地方，隨時可以看見白髮蒼蒼的老夫妻，或是手拖手，或是他扶她，或是她推著坐在輪椅上的他，一起消磨著生活的時光，他們相依相靠．這才是婚姻的實質。

　　人們常常用恩愛來形容婚姻幸福的夫妻，在現實生活中，愛情和婚姻都確實需要感恩來支援，有情還要有義！

　　好友幾十年前從國內嫁來香港，從一無所知的少婦，經過自己的努力，成了一家大公司的白領，保養得當，不但容貌依舊，連身材都沒走樣，而當年從事裝修工作的老公，歲月沒有改變他的工作環境，卻給他帶來了許多臉上的皺紋，肚腩的脂肪。但好友依然熱愛自己的丈夫。丈夫卻有些自卑。一次夫妻間的口角，理虧的丈夫突然爆出一句：「沒有我，你能有今天！」好友笑口依然地回答：「我感激你把我帶到了美國，所以直到今天我還跟著你，因為我要報恩！」好一個有智慧的女人！不僅用這句話平

息了這場小風波，也讓老公知道了她的感恩之情，杜絕了他的胡思亂想。

　　有人說，老夫老妻，沒有愛情，要有親情，但我覺得不夠，如果能再加點恩情，那日子就會過的更甜美。

婚姻的目的

　　三個第一次見面的女人坐下來嘰嘰咕咕，互相詢問對方的第一句話居然是：「你生活在大牆內還是大牆外？」可能是自以為是舞文弄墨的人，不願意把問題問的赤裸裸，其實說白了，還不是八卦（好奇）想知道對方是否已婚，或者失婚，繼爾知道全部故事。

　　我是進出過城牆的人，我也說不出生活在牆內好，還是在牆外好，我想大凡剛踏上紅地毯的人，是不會有何時會離婚的念頭，所以生活在牆內也好，生活在牆外的人也好，都是人的生活的不同階段而已罷了。

　　有人說結婚是戀愛的墳墓，也有人說結婚是愛情的延續，兩種說法都不錯，因為婚姻可以是地獄，也可以是天堂。

　　我第一次婚姻持續了十七年，因為我認為兒子需要一個父親。當我恢復單身，深深感受到「海闊天空」自由的滋味，從不缺少朋友，無論是同性朋友到異性朋友，但是，總有那麼一個時刻，失落感會掠過心頭。想不出有什麼理由再結婚，直到在曼哈頓的博物館和圖書館看到了一幕幕那令人心動的場景；一對對白髮蒼蒼的老人，他們手牽手，你扶著我，我傍著你，在展品前，在書架旁，我向你講解，你幫我挑書，關懷彼此，默契無間。從那時候起，我領悟了，如果我要再婚，這就是我的目的，找一個相依相靠的伴侶，度過餘生的每一天。

　　婚姻可以有不同的目的，有的人目的明確，不管是為了生而育女，還是找一個人分擔生活的重擔，有目的總要比盲目強。我想，除了愛情因素外，婚姻需要某一種目的去支援才能長久。這

也就是婚姻和戀愛的區別。

反過來也有人因為達不到目的而離婚，這種變質的婚姻，不要也罷了。

當然，也有人達到了目的而離婚，我當年維持婚姻是為了兒子，所以當兒子同意我放棄的時候，是沒有理由再堅持自己的時限的。

遇到我現任丈夫的時候，身邊其實有比他學歷高，經濟條件好的異性，但是我認定他就是那個當我走不動的時候能陪我在沙發上坐上一整天而毫無怨言的人，所以我嫁給了他。婚後，由於我們的文化背景截然不同，個性也有天壤之別，要說沒有摩擦那是假的，但是，正是因為我目的明確，懂得將來的默契就是靠現在的摩擦而磨練出來的，所以我不注重摩擦的多少，哪怕困難重重，只求一步一步的向前走去。

剛認識的兩個女伴，也是跨國婚姻，她們直率地告訴我，住在牆內很久了，還無意改變現狀。張女士她對婚姻的期待是嫁一個她喜歡的那個專業的男士和想改良下一代的「品種」，她是塌鼻子，所以一定要找一個高鼻子的西方人，為了這個目的，她強烈地主動出擊，終於如願以償，如今，她的婚姻已經持續了十多年了，兩個女兒果然都是美人胚子。李女士更直接，她說，如果婚姻不能改善自己的生活，那要婚姻來幹什麼！她是一位電腦工程師，一個人在美國十多年，有事業有房產，但覺得一個人很累。結婚沒多久，在丈夫的同意下，在家小休兩個星期，但是自此之後，她再也沒有上過班，老公也樂意每天回家後享受她營造的小家庭氣氛，至今，她結婚也有十年了。婚姻的目的在與你需要你的另一半，共度餘生。

誰是你生命中最重要的人

　　婦人老是看丈夫不順眼，因為他不像鄰居那樣每一次見面都笑容可掬，沒有像同事那樣合作無間，沒有朋友間的客氣，沒有像父母對自己那樣關心，更沒有自己的子女那般聽話。

　　婦人的好朋友是心理醫生，她讓婦人在紙上先寫出在一生中最喜歡二十個人的名字，婦人想也不想，刷刷地就在紙上寫下了二十個名字，有青梅竹馬的朋友，有兩小無猜的鄰居，教育有方的老師，有朝夕相見的同事，有慈愛無比的父母，還有聰敏伶俐的孩子，當然也包括自己的丈夫。然後心理醫生要她劃去十個人的名字，婦人想了一想，照做了，此時，紙上留下來的名字，除了家人，都是有恩於她的人。心理醫生再讓她劃去五個人的名字，她為難了，但還是照做了，她留下的五個人，是自己的父母，孩子還有丈夫。

　　心理醫生看了看，說：「可以理解，因為這些都是你最親近的家人。但是如果我讓你在這些人中，只能留下一個人陪伴你，你會選誰？」婦人說：「五個人我都要。」心理醫生說：「不行，只能留一個。」婦人拿起筆，緊皺眉頭，艱難地，劃去了一個又一個名字，她留下了丈夫。心理醫生問她：「為什麼，難道你忘恩負義，連生你養你的父母都不覺得好？為什麼連自己親生的孩子都信不過？」婦人哭了，她說：「父母再好，都會早我而去，孩子再親，長大了有自己的世界，只有丈夫，才能陪伴自己終身！」

　　心理醫生說：「你現在明白了，丈夫才是你生命中最重要的人，對於自己最重要的人，就不要多挑剔了。」

夫妻AA制

這個名稱是上海一本老牌家庭雜誌某篇文章的題目。

說實話，當時看到真是嚇了一跳，心想：「西風日下，連夫妻之間什麼都要分得清清楚楚，這算是什麼婚姻！」不過經過細讀，卻發現原來是描寫新型的夫妻之道。現在的小家庭，多數是公一份，婆一份，夫妻雙方應該充分尊重對方的消費方式和生活習慣，按兩人的收入狀況和興趣愛好分配各自承擔的理財責任，而且也給雙方留下了各自選擇和發展的空間。這樣有利於科學地消費、儲蓄和投資。

「AA制」貌似斤斤計較，把夫妻關係物質化了，但其實是張揚了個性，更有利於夫妻之間彼此坦誠相待。錢還是家裡的錢，只不過夫妻二人各自有一定相對獨立的支配權罷了。與傳統的AA制不同，家庭AA制並不像聚會那樣，將家裡的所有開銷全部由夫妻二人均攤，而是每月按照收入的比例，從夫妻雙方的工資中各拿出一部分作為家庭公共基金，多餘的可以按照自己的喜好自由運用，是「小金庫」、「私房錢」的公開化，可以避免不少夫婦由於在財產支配權上產生矛盾。

其實，夫妻間不但要在財政安排上有空間，在精神生活上也需要各自的空間。有專家說，當感情由激情轉向平淡時，最好夫妻間有共同的愛好來維繫，如果沒有，那就要靠建立彼此的空間距離來吸引對方。

我曾經問馬上就要結婚的晶晶，小張已經背叛了她一次，難道就不怕有第二次嗎，她回答的很坦率，對方無論是精神或肉體的背叛她都無法控制，但是作為婚姻的經營者，她只要求對方放

入百分之五十的責任，給與更多的空間，不想把對方拴死在婚姻上，她言出體行，針對小張的工作性質，天天幾乎工作到深夜，甚至把婚房裝修成兩間睡房，她和小張一人一間，她說，婚姻需要的是共同生活，那麼客廳廚房和洗手間已給與了足夠的空間，睡房就應該成為各自獨有的天空和自留地，各自的隱私可以給婚姻生活常保新鮮感。

　　婚姻需要經營，各家的模式不同，夫妻AA制和百分之五十的責任制都是為了保障個性在婚姻中得到尊重的現代婚姻新模式，雖然現代人早已認同了不會因為了維持婚姻而委曲求全，其實婚姻也不會強求把兩個不同脾性、不同生活習慣的個體統一，如果說能和自己心愛的人長相廝守，又能保留自己小小的「惡」習，這樣的婚姻我喜歡。

情人節的禮物

　　丈夫是個閒不住的人，即便是在工傷後，仍然絲毫沒有減低他做事的熱情。不是整理車庫、洗車拖地，就是打理花草、烹調美食，他確實是一個住家男人。不過到他被逼做手術後，情況完全不同了，因為那是脊椎複整手術，是一個大手術．醫生吩咐他，手術後有一段頗長時間裡不能彎腰，不能拿重東西，一句話，從此遠離家務。對於他來說，可是個打擊，從來做事不假手與人的他，怎麼也不能接受這個現事，自己殘廢了，是一個被照顧的物件。也不知是他改不了做事的習慣，還是有意無意想嘗試一下自己的能力，所以就出現了屢屢犯規，險情頻頻的情況，搞得家裡戰況百出。

　　因為一旦當我阻止他做這做那的時候，他就會失去平時他特有的耐心，煩躁地說，難道我想做一些自己想做的事你都要管我嗎？其實他心裡明白，自己的人生進入了另一個階段，只是不肯承認。我實在怕他出意外，任合一個小細節都會影響他健康的復原，影響他今後的生活，所以我採用人盯人的做法，一發現他企圖想做些什麼，就立即喊停！搞得他怨聲載道，家裡火藥味越來越濃。

　　情人節快到的時候，我靈機一動，為何不乘這個美好浪漫的日子，用另類的方法讓他坦然地面對這個現實呢？只有先面對現實，才能有可能接受事實。走了很多商店，終於買到了一套文具，拆信刀和放大鏡，設計高雅，即可當書桌上的裝飾品，又具有非常的實用價值，在情人節的那天，我還特意發了一封電子郵件給他，信中沒有肉麻的句子，卻實實在在地告訴他，在我的腦

海裡，一直有這麼一個畫面，當我們白髮蒼蒼，仍能在一起幹點什麼，即便是我們老了走不動時，我們仍可以看報寫信，人生沒有絕望的時候，只要我們能做，即使要用放大鏡拆信刀又有何妨。老公收到我的禮物非常的開心，他說能明白我的意思，人生必然有缺陷的時候，不可能永保青春活力，但可以做到人老心不老，人殘也一樣可以過開心日子。

　　出乎意外的是，他也送了一個禮物給我，一個粉紅色的可愛獅子，脖子上圍著一圈愛心毛，有趣的是，一捏牠的抓子，會有呼嚕呼嚕，活像我老公晚上打的呼嚕聲，小獅子還捧著一張情人節賀卡，老公在上面寫著：「如果嫌我晚上太吵，就請摸摸我的愛心毛，如果有什麼得罪了，請照打不誤，獅子能替代我。」看不出來，老公比我還幽默。

心中的天秤

　　朋友的太太最近出了車禍受了傷，傷勢雖然不重，但也在肩膀上做了一個小手術，照理休息一段時間，加上做物理治療，應該沒什麼大礙，慢慢就可以復原了。但似乎她的精神所受到的打擊反而是嚴重的，只見她情緒越來越來差，常常哭哭啼啼。

　　她是個非常能幹和要強的人，在國內有很好的事業，丈夫去世早，一手帶大獨子，侍奉母親，母親去世後，為了兒子的前途，毅然到了美國，準備孤身奮鬥，可是兒子並不喜歡美國而返回國內發展。不久，她經人介紹，和一位婚姻受過傷的男士結婚了。那位男士雖然不是大富大貴，但是經濟穩定，是一位政府公務員，所以她受了傷之後，在別人的看來，不幸之中的大幸，好在她有一個非常善良的丈夫和溫暖的家，所以她不用擔心經濟和家務，甚至是醫療保險，所要做的只是安心養傷。

　　然而她的壞情緒多數卻是因為丈夫而引起，例如他不夠細心，沒有耐心，更不會煮什麼好吃的，所以她認為丈夫不懂生活，對自己也不夠好，甚至花園有兩盆花死了，她也會傷心很久，抱怨先生沒有打理好花，許多瑣碎的事，都令到她不開心，越想就覺得自己越委屈。

　　是的，設身處地為她想一想，她是很不幸，告別了國內自己心愛的事業，來到一個陌生的國度，現在又失去了健康的身體，做什麼事都要依靠人，多不幸呀。

　　但是，如果站在她丈夫的角度來看，他真心愛自己的太太，婚後不久，已經帶她外出度了幾次蜜月了，家裡已有兩輛車了，還是給學會開車不久的她買了新車，提供一個無須她操任何心的

生活居所，現在還要扶持她的起居生活，陪送看病，不過所做的一切，還是不能消除她的怨言，他是否也覺得自己很不幸呢。

　　每一個人心理都有一個天秤，每一次想到什麼不開心的事，天秤的一頭就會沉下，如果不急時地在天秤的那一頭放上一些開心的事，天秤就得不到平衡。例如朋友的太太如果想到，先生雖然把一盆花給弄死了，但他卻可以把整個花園和漁池整理得井井有條，那是否可以原諒他這個小小過錯呢？不能享受到他烹調，那享受他的房子也算是很不錯了，因為這是他為之奮鬥一生才得來的。在平凡的生活中，不可能找到一個完美的人，知道對方的不足之處，也要想想他給你帶來的好處，天秤的一頭放缺點，另一頭一定要放上優點，要想生活的開心，就要擺平心中的天秤。

好男人出軌

　　最近連著聽到有兩位好男人出軌的事情，真是讓人有點唏噓！張先生是人人稱讚的好先生，為了讓太太專心地搞生意，把照顧兩家四位老人的重擔扛了下來，操心兒女的學業，安排家中的財政，在子女的眼中，是一個非常稱職的爸爸，太太點頭的好丈夫，也就是這個安分守己了一輩子的老先生，卻和一位從事服務性工作的年輕女子有了曖昧的關係，倆人是否有什麼交易沒人知道，但家人卻在他的手機短信留言中，發現了許多令人不堪入目的「甜言蜜語」，還發現張先生把自己太太辛苦賺來的錢，拿去資助該名女子。張先生因為年輕時得過嚴重的肝病，虧得太太悉心地照料才恢復了健康，但從此不能操勞，所以由太太經營家中的生意，太太也很能幹，把生意從臺灣一直做到大陸，同時也把家裡收拾得乾乾淨淨，這麼好的太太，他居然可以作出對不起她的事情。張先生對自己行為的解釋就是，生活太無聊了，所以就逢場作戲玩玩。

　　另一位好先生是美國人湯姆，幾年前生了一場大病，在醫院留醫的時候認識了一位護士，一位墨西哥女士，成了他現在的太太。他太太因為知道有過一次失敗婚姻的湯姆，雖然有兄弟姐妹，和已經成年的女兒，沒有人願意來照顧他，就辭去了自己很穩定的工作，把他帶到自己的老家，這樣自己可以做兼職的工作，抽多點時間放在家裡，自己的家人也可以幫忙一齊照顧病人。三年來，湯姆不但在嘴上常誇自己的妻子，也在實際行動上處處替妻子分擔家務，體貼她，愛護她，對妻子的話，從來都是言聽計從，讓妻子和她的家人都覺得他是一個不可多得的好先

生。三年後,湯姆的身體完全復原了,而且保險公司賠了一大筆錢給他,湯姆拿了第一筆賠償金後,就藉故離開了妻子,甚至不肯再見面,他給妻子寫了一封信,說是在過去的三年時間裡,他覺得內心很孤獨,身處一個完全陌生的環境,也不習慣妻子為了他的康復的提點,因為太過於關心,有時的提醒變成了嘮叨,實在是受不了,所以他想回到自己過去的生活中去!

生活的無聊和孤獨都不是做出對婚姻不負責任行為的藉口,更不可以以這去傷害對自己付出了全部的另一半,但是,他們的理由卻是真的,男人的內心其實比女人要脆弱,女人過分保護和緊張只會讓他們喘不過氣來,令他們覺得男人的尊嚴受損,尤其是那些被稱為「好好先生」的男人,由與性格的關係,他們不會讓妻子知道自己的不滿,等到實在忍受不了了,就一走了之,或者用另外一段關係來替代現有的。我們所知道的港星沈殿霞和鄭少秋的例子也是這樣的。所以,留心身邊的好男人,給他一些獨立自主,表現才能的機會,做一個聰明的女人。

當對方有了外遇

　　外遇，對婚姻和感情來說是最具殺傷力的了。當身邊的人背叛了你，除了震驚和悲傷，你還能做些什麼？痛罵？報復？還是淚流滿面，哭求對方回心轉意？這些都是無助於事的。因為有了外遇的人，很明顯，他或她已經不再重視自己的婚姻和感情了，如果這時候罵和鬧，只會讓對方為這次的背叛找到一個合理的藉口，走得更心安理得。苦口婆心的勸說和哭求也是沒有用的，因為即便是你們的感情還沒有支離破碎，但起碼沒有什麼火花了，況且那邊還熱著呢，不是三兩句話和幾滴眼淚能讓對方回心轉意的。

　　到底應該怎樣處理呢？可以從晶晶的故事中得到一些啟發。晶晶是我的一個年輕的朋友，才二十六歲，她從高中就開始交往的男友小張，是一個非常有才華的設計師，長的和韓星一樣，他們交往了六年了。突然有一天他對晶晶說，他對不起她，因為他在外面另外有了同居女友。晴天霹靂之下，晶晶非常冷靜地反省了整個戀愛過程，她愛小張，但倆人的相處之道，從來就是以自己為中心，沒有真正關心過對方，總是想揠苗助長，她認為小張的背叛自己也有責任，所以她非但沒有向小張抱怨過一個字，反而主動檢討自己，然後默默地等著他的最後決定。而小張的同居女友，見小張攤牌之後並沒有立即離開晶晶，心急如焚，對他威逼利誘，甚至下了最後通牒。小張是怎麼想的呢？他和晶晶拍拖在先，女孩子家境比他好多了，對方家長的過高要求所以造成了他的心理壓力，這時，剛好認識了第二個女孩，家境各方面都和他差不多，也很會開解他，所以倆人擦出了火花，事到如今，他

也非常痛苦，因為不論選擇了哪一個，都會對不起另外一個，故事最後的結局，是晶晶的耐心和真心贏得了小張的回心。最近他們已經準備好了婚房，請我回去喝喜酒呢。

在「好男人出軌」中所寫湯姆的太太，發現自己全心照顧康復了的丈夫，竟然在拿到了賠償金後一去不回，而且已經有了新歡，有錢的男人從不缺少女人。這個打擊實在太大了，但這位墨西哥女士卻向湯姆寫了這樣的回信：「很抱歉這三年來你所受到的精神壓力，請原諒我所做的不足。每個人都有權選擇自己的生活，你也不例外，你能選擇我作為渡過你一生中最困難時間的伴侶，我感到驕傲和自豪！」

這封信是湯姆終身要背負的十字架，即便他這封信無動於衷，我相信這封信令湯姆太太對自己過去做了總結和肯定，所以她不會再痛苦，而是笑著開始自己的新生活。

假性外遇

　　通常人們把外遇叫做第三者，如果這第三者是女性，就有了另外的稱呼，例如狐狸精等，人們多數認為第三者會以特有的妖力來迷惑男人，所以好男人也會誤入迷途，以前我對這一點也深信不疑，直到有一天我知道了一位鄰家小妹妹和一位國際集團的總裁有了曖昧的關係後，我開始思索了，因為從任何角度看這位鄰家妹妹，都和狐狸精或妖力沾不上邊。後來她去了國外留學，那位總裁特地拿了自從做了總裁後從未拿過的大假，飛去小妹妹的學校，住在她的宿舍裡，做了兩個星期的傭人，幫她做飯，洗衣，拖地。奇怪的是所有知道這件事的人都沒有譴責那個第三者，因為自從和那位小妹妹來往後，總裁一反以前萎靡不振的精神狀況，變得神采奕奕，總裁的婚姻也沒有因這段關係而斷送，被大家稱為「死美人」的總裁太太，以前以為丈夫愛美，所以連睡覺也不卸妝，現在懂得了自己的丈夫其實需要的自然和簡單的生活，不再故作姿態，搞得自己累死，丈夫確近而遠之，現在倆人的關係反而變得融洽和諧了。

　　有一位好好先生，是一位醫生，為了實現太太移民他國願望，隻身來到陌生的國度苦讀，希望能考得醫生執照，從而令全家人能順利移民前來團聚。誰不知當他備受思鄉和考試壓力的雙重煎熬時，太太卻留下年幼的女兒不顧，飛去另外的國度會晤情人。好好先生的親朋好友都力勸他離開這個沒良心的女人，只要考得醫生執照，還怕沒有好女人？！好好先生不負眾望，考得了醫生執照，但並沒有似外人所料和太太離婚，卻是找時間坐下來和太太開誠佈公地談心多次，主動檢討自己之前沒有對太太的寂

寞多加留意，認為如果自己能夠關心足夠，根本就不會發生這次所謂的外遇事件。太太被他感動了，承認自己犯了大錯，因為誤把外遇的熱情當作了愛戀，一失足成終身悔恨。倆人和好如初，攜手步入新生活。

最近看書，一本臺灣社會工作者寫有關婚姻愛情的書籍，把以上的外遇歸納為假性外遇，稱這種外遇並不是背叛婚姻，所以另一方千萬不要弄假成真，通常這類外遇的發生是因為當事人的個性和婚姻間溝通不足而造成，例如案例之一的總裁，如果早一點把自己的想法告訴太太，或者乾脆告訴她自己的期望，那麼可能會避免外遇事件的發生。所以一旦發現自己身邊的人有不尋常的跡象，既便是發現了對方有外遇的事實，先要找出對方為什麼要這樣做的原因，反省婚姻生活，可能會把對自己的傷害降到最低點，如果能把婚姻生活的盲點找出來，倆人的關係是絕對可以重新開始的。

需要和想要

婚姻出軌，常常是那樣意想不到。

A小姐，年輕美麗，秀外慧中，丈夫費了九牛二虎之力才把她追到手，婚後相夫教子，專心在自己的工作家庭上，給與經營生意的丈夫最大的信任。一次，意外的早回家，意外地發現丈夫和另一個女人在床上。丈夫為了挽救婚姻，他一遍遍地發誓：「沒有下一次了」，屢悔但不改。B女士，在丈夫最失意的時候嫁給了他，結婚的時候，他感動得哭了。婚後，B女士幫丈夫渡過了經濟和健康上的難關，沒想到，一旦可以自立，他馬上離家投入了另一個女人的懷抱，很快發現那女的是看上了他的錢，何去何從，他兩頭難。C女士為了愛和兩個女兒，原諒了出軌的丈夫，讓他回到家裡，之後又把丈夫和前妻生的女兒接來一塊住，之後又生了夫家四代單傳的兒子，她還承受經濟上的重壓，打本給丈夫做生意，用她的話來說：「我將恩報怨，以為會有太平日子過……」誰知，丈夫再一次出軌。

生活有兩種模式，一種是自己想要的，還有一種是自己需要的，例如有人不想過朝九晚五的上班族生活，但為了生存非得這樣，可以說他過得生活是自己需要的，而他想要的卻是自由自在的生活。上面三個例子中的丈夫很顯然發現，必須要過的生活並不是自己想要的，所以頻頻出狀況。好多夫妻再發現對方出軌後，會難過的質問自己：「是不是我做得不夠好？」其實這跟做得好不好沒有關係，上面例子中的女士們做得非常好了吧，個個都是出得廳堂入得廚房的賢妻，而且善解人意，她們也不是同樣不能避免對方的出軌？

　　理想的生活是，即是自己需要也是想要的，如果不能合二為一，那麼最好既過著必須過的日子，也擁有想過的生活。例如除了另外人羨慕的小家庭外，再來個把紅顏知己。反過來，有的女士先抓住可以讓自己生活無憂的丈夫，再尋找懂得浪漫的情人。可是問題來了，你想要過的日子肯定是對方不會想要的，出軌的人，一旦只能選擇其一的話，必須慎重考慮，想要的生活未必會長久，而且今天想要，明天也會改變主意。出軌人的另一半也必須想清楚，現在過的日子是必需要過的嗎？這樣便於自己重新發現自己。

　　發現自己過著不是自己想要過的生活的人，可能是日子煩悶了，進而對自己的日子產生懷疑，有的是受不了外面不同世界的誘惑，給自己一個被俘虜的藉口：「那才是我想要的生活呢」。在嘗試了他們所想要過的生活之後，很少的人義無反顧地頭也不回，很多人糾纏在想要和需要的生活之間，因為他們生怕一旦丟了想要的生活，也找不回需要的日子了。其實最好的辦法，是想辦法把你需要過的日子往想的日子方面拉，即便是百分百的過上你想要過的日子，總好過兩頭到不了岸，遺憾終身！

我愛你

　　美國人和中國人最大的不同是前者開放，後者含蓄，尤其是在對愛的表達上。美國人說我愛你，好像是口頭禪、結束語，一天可以說幾十遍，而中國人偏偏最不善於表達的就是這三個字。可能有的人一輩子都未將這三個字說出口過，甚至面對著他最心愛的人。

　　我是讚賞美國人的做法，說句：「親愛的，我愛你！」總比說：「小赤佬，老棺材」。（上海人對孩子、老公的昵稱）好聽吧。不過，贊成歸贊成，但礙於中國習俗總是說不口，直到嫁了美國人，好像說起來名正言順了．但不多久，我卻厭煩了。

　　因為我覺得把「我愛你」放在嘴邊當然好，但不說也不是什麼罪過，因為嘴裡不說並不代表心裡不愛。可我先生卻不這麼認為，他覺得不說，是一件大事，如果哪一次我忘了說，他非要我補說不行，也不管時間場合，那怕是發生緊急的事情，我覺得他真成了這句話的奴隸了，應該分輕重緩急嘛！他卻有自己的道理，他說：「萬一那一天我出去了，你沒有說我愛你，我又出意外了，那你會後悔一輩子。」

　　我卻認為，愛不愛一個人，最主要看他肯為對方付出些什麼，而不是光在嘴裡喋喋不休，我先生的前妻老是人前人後的向人表示她最愛兒子，對兒子每句話離不開我愛你，可兒子和她一起住的日子，為了早上能睡晚覺，寧可讓孩子走很遠的路去學校，也不管狂風大雨甚至大風雪。孩子生日或是畢業典禮從沒有收到她的一件禮物，而她有了錢只顧和自己的男友去快活，也許她認為嘴裡說了就等於盡了愛的責任和義務了。先生自從我把這

件範例拿出來講了之後，似乎不再對我忘了說那三字箴言太過敏感了。不過我卻有些懷疑他常常掛在嘴邊的話是否出於真心，所以我做了女人最愛做的事情，隔三差五地在半夜三更測試他，問他愛不愛我，因為這時候男人最容易說真話。還好，至今他沒有令我失望，每次當我搖醒他要他回答時，他總是閉著眼，一字一句地非常沉重地說：「我非常地愛你」。

老公失蹤

　　火車進入了車站，天黑了，而且下起了滂沱大雨。

　　在一個小時前，我就把火車抵達的時間告訴了老公，下午五點五十分。所以心裡期待著他把車停在月臺口，因為那個地方有小小的雨棚，那樣下車後不會淋著雨。好多人都把車直接停在那兒等人，但我知道他不會，因為違犯車站的規定。

　　既不見他的身影，也不見車的蹤跡。打電話回家，小兒子說他五點二十分就離開家了，丟下話說去接我，火車站離我們家只有七分鐘的路程。我想可能他臨時去了什麼地方耽擱了。半個多小時之後，我有些急了，擔心出什麼意外，因為他是一個非常守時的人。我想，會不會他在車裡睡著了呢，我就冒著雨向停車場找去。停車場很大，在我的右邊不遠處有三輛車停在那兒，雖然天黑看不清顏色，但憑著外觀我就知道他的車不在那兒，因為他開的是舊款賓士車，很容易辨認。所以我向停在左手邊的汽車仔細尋找，並從車窗往裡看，結果都是失望。我全身都濕透了，冷風吹來，渾身發抖，人要凍僵了，三月十一日星期五，那是聖荷西入春以來最冷的一天，第二天還下了雪了。

　　我跳上一輛計程車回家換衣服，一路上，沒看到有交通事故發生過的跡象，收音機的交通報告也正常！這時大兒子的女朋友下班回到家裡，我讓她開車和我一起回車站再去找。女孩說：「應該沒有可能還在那兒吧？」我說，沒有辦法的辦法了。我們先去火車站，沒人；停在那兒的車也很少，我們在附近兜了一個圈，完全不見他的車影。我們又去市中心看過，也不見什麼異常的情況，我的心更沉了，他做完脊椎手術沒多久，醫生不准他坐

著超過十五分鐘，保護腰椎不能受力過度，可我真的不知道應該去那兒找他。再急也沒有用，我們準備回家再想辦法。已在回家的半路上了，小兒子來電話了說他可能和大兒子調換了車開，趕緊打電話找大兒子核實，果然，我老公是開著他的車來接我的。

天啊！我們是依稀看到停車場有一輛綠色的福特車，就停在我認為不可能，而沒有走進細瞧的右邊停車場。掉轉車頭，車像一枝箭那樣颸了出去，直撲停車場，停在了綠色車旁，果然見我老公氣定神閒地坐在駕駛位子上，一見我還很自豪的說：「你終於來了，我在這裡等了你兩個小時了！」那時已是晚上七點半了！真被他氣死了。問他，為什麼不把車開到前面去找我，他說：「我沒有看到你下車呀！」這麼久等不到我，為什麼不打電話找我？他說他忘了帶手機，身上零錢帶的也不多，如果和別人借手機的話，也不知道怎樣和人家算分鐘數。所以他採取了死等的方法。連我已經回家的念頭都沒有閃過。德國人的死板我算是領教了，我真不知道應該批評他還是表揚他，因為他的死心塌地的忠心耿耿睹住了我湧到喉嚨口的責備話。最後只是說了一句：「上帝保佑！」看來以後還得自己開車，因為不想被嚇出心臟病。

驚心十六小時

老公在從雷諾的回家途中致電給我，說不出兩個小時就可以到家，當時是下午三點。誰知，到了晚上九點還不見人，打他的手機無人接聽，奇怪了，因為按照他最後的電話，他已經在Tracy和Livermore之間的850公路了，從那兒到我們住的聖荷西，最多只有一個半小時；要不碰到嚴重的交通事故，我試圖從收音機和電視新聞中瞭解，但找不到蜘絲馬跡。到了晚上十一點，仍然聯絡不到他，我開始擔心了，根據常識，就是發生了交通事故，他隨身挾帶著有家裡位址的證件，員警也會找上門，要不就是發生了非常非常嚴重的事故，把他的證件給毀了，使有關方面不能確定他的身分。

我想最要緊的還是要瞭解沿途所可能發生的狀況，我先上了高速公路的管理部門（Highway Control）的網站，找到了他們的免費查詢電話，打來打去都是電話錄音，而我要的是確切的答案，因為任何事情發生，無論是迷路，或是遭到意外，或是打劫，拯救的時間是最要緊的，不可能等到二十四小時再報失蹤人口，我又查了他的銀行帳戶，果然帳戶上有不出尋常的變化，錢少了？這時我決定打911。

接線員耐心的聽了我的急切地表白，然後轉去有關部門，接聽女士知道了我的目的，只是想瞭解從下午三點開始在有關的公路上有無意外發生，告訴了我可以致電Highway Control Golden Gate （707）5514100幫忙。電話又很快接通，一位男士回答了我的疑慮，從下午開始，高速公路通暢無比，沒有意外發生，所有的醫院都沒有以我老公名字登記的人，當他得知我們銀行帳戶有

少錢的現象發生，就要我馬上去銀行查發生的地點，然後通知那邊的員警，我說那不是要等到明天銀行開門，他說在灣區有很多二十四小時服務的銀行，我非常感激他的指點，因為當有突發事件發生時，人也混亂，不能理智地思考問題，這時急需有人幫忙出主意。我冷靜了點，再次上網查看了銀行紀錄，發現只是一筆預先開出的支票正巧過數，實屬正常。我惟有不停地打他的手機，生怕他太過疲勞在路邊睡著了，可是毫無反應。

那一晚，我真是瘋掉了，我認為肯定發生意外了！早上五點，我又再次致電Highway Control Golden Gate，他們再一次查找後，在任何意外事故和醫院名單上都沒有我老公的名字。不過這一次他們讓我詳細描述老公的特徵，車子特徵及車牌號碼，還有他可能會使用的公路名稱，說要為他開一個檔案，通知沿途各有關部門，並用廣播說明查找，這時我才發現，雖然經常坐我老公的車，但是我完全不知道他的牌照號碼，對方讓我抓緊去找，然後補交。我一面翻箱倒櫃的尋找可以帶有牌照號碼的檔，然後也致電AAA，以為他們會有會員的車牌紀錄，但是答案是否定的，只有DMV美國車輛才會有此記錄，其實在電腦的螢幕上就是他和他的車的照片，我卻一點都沒有留意到，好在這時我已經找到了原始檔案。

這時我老公來電話了，原來在他致電我後不久，接到雷諾醫院的電話，說他姊姊病情突然變化，要他馬上回去，而此後正好手機電池沒電，到了醫院，一是無法打長途電話，二是一直忙於他姐姐的病情，等到有機會致電給我，已經讓我焦急的等了十多小時。我受了驚嚇，不過從那次開始，我對什麼也看開了，沒有什麼比人還活著更重要的了，我奇怪，那些有些分手就把對方置於死地的人，他們究竟有無真正的愛過，也得到了知識，起碼以

後再有類似事件發生，我知道第一時間向哪裡求助！後來也確實
又發生了老公失蹤事件，不過，我卻再也沒有去任何地方求
助了。

法律的距離

　　從小到大，自認是一等一的良民。不論是在出生地的上海，和長居的香港，從來沒想到，也不會去觸及法律。總認為，法律離我很遠。

　　可是到了美國生活，卻感到一種無形的法網就在周圍。和美國人組成家庭後，更發現法律是無時不刻地在身邊。開車，在一條雙向的街道開車，當路右邊停滿了車時，而對面又空無一車的情況下，人的本能把車駛向靠左，我老公在旁就會大叫，不合法！

　　沙灘夜遊，星空雲浮，這時五彩繽紛的煙花四起，可你還沒有來得及享受這白送的浪漫，先生就急急指著那些在沙灘上玩得興起青年，正色到：「他們犯法了。」而且還喋喋不休地一路說個不停，會罰多少錢，坐多久的監。

　　半月灣，特別之處是沙灘上沒有一粒沙子，全是由稀少的卵石子組成。面對形狀各異，顏色多變的小石子，我有藏起的衝動，但是沒有動手，原因是來沙灘之前，他已經告訴過我，撿石子是犯法的行為，怕我不信，到了沙灘後，先把我領到告示牌前，逐字念了一遍。

　　美國人認為法律就是死板的條文，就是靠每個人自覺的執行，這個世界才會有次序。

　　一次，老公去一家出名大連鎖超級市場買東西，回到家，他對我說：「今天我才理解了你說的靈活執行的意思」。

　　原來，在老公買完東西付帳的時候，在他前面的一對中國老夫婦，因語言的障礙和收銀員糾纏不清。他們倆買的東西超過了

四十美金，但他們只帶了二十元，店員費勁口舌也無法使他們明白付得錢不夠。後面排隊等付錢的顧客都不耐煩了，老公抱著息事寧人的態度，就上前表示自己願意幫老夫婦付了餘款。誰知，遭到店員和經理的拒絕，根據他們的店法，是不會接受顧客為其他顧客付款的，除非他們不知道。老公為之氣結，他萬萬想不到，自己想做一件好事卻差一點違法。

在世界上每個國家，法律無時不在，就看你怎麼看待，怎麼執行了。

節約的準則

　　要搬家了，怎麼個搬法才能即省錢又省力？同時做到兩者是不太容易的。和老公思前想後，覺得兩個兒子是現成的勞動力，決定以省錢為主自己動手。

　　搬家的當天，老公去Uhaul租了一架號稱只要一九.九元的貨櫃車，加上哩數，他預算不會超過一百元。我一看那車，心裡就涼了半截，這麼小，能一次搬完嗎？老公搬出他的西方省錢理論，只要合理的安排空間，不是沒有可能，最多多花點時間，那總比多出錢租一架大車合算呀。

　　我是覺得，搬家是難得一次的事，就不要斤斤計較小錢而折騰自己。看著他在矮小的貨櫃裡，滿頭大汗地左搬右挪地，儘量利用空間，兩個兒子在他的指揮下，不厭其煩地把大大小小的東西，調整再調整直到可以說連針都插不進，他才甘休，我看了一下時間，起碼多用了一個多小時，看他們，已經累得不行了，不禁歎息到：「何苦呢？」

　　這大概就是美式的節省了，能用自己的時間和體力或許是技術能節省錢的，絕不願意花多一分錢，尤其在體現修車上，絕不輕意把車拿到店裡去修理，甚至是零件壞了，他去的也是廢車停車場，花二元買一個入場章（即在手背上蓋一個章），那就能在所有停在裡面的汽車尋找所要的零件。記得有一次電瓶壞了，要買一個新的，起碼過百元，但他卻在廢車場找到了九成新的，才付了二十元，當然換來的是滿手油膩，滿身髒。

　　而中國人的節省，是每天的，還不惜降底自己的生活標準，最常見的是從嘴巴裡省下錢，久而久之，也習以為常了。例如我

　　總捨不得扔掉那些剩菜,放在冰箱裡,直到吃完為止。但我先生不一樣,什麼都講就新鮮,泡好的茶,瓶裝的水,過了十二個小時後,也會被他倒掉,說是不新鮮了。連放在冰箱急凍層的冷凍品,過了三十五天後,他就不會再去碰了,直到扔掉為止。

　　他工傷後,收入大減,他最在意的是不能像以前那樣經常出去吃早餐,也不能經常出去看電影,吃爆米花了。如果是中國人,可能會覺得這並不是什麼世界末日。中國家庭,都不會為了吃早餐而出外吃早餐吧,而且,看電影未必一定要吃爆米花,況且還可以租影帶在家看也一樣;但是,美國人是絕不輕易降底自己的生活標準。

　　在中美合併的家庭裡,究竟以那種節約為標準?我以為,各有各的優勢,那麼,在尊重的基礎上,以井水不犯河水為前提,各主自己頭上一片天。

中國拖鞋和美國鄉村音樂

　　每一個人都有自己的文化修養和習慣，在中國，南方人和北方人的習俗就大不相同，而美國人和中國人的習慣大概最不同的是衛生習慣了。

　　說句實話，不能說美國人不衛生，尤其是男士。美國男人總是乾乾淨淨，並且很注重儀表。就那我先生來說，連牛仔褲都是只穿一次就要去洗的，洗澡用的大毛巾也是用一次就仍進洗衣機了．不過不要以為他是潔癖，如果妳看到他穿鞋，你就不會這樣認為了，每次他都會把手心托著鞋底，如果你看到他光著腳自廚房裡的冰箱拿了食物之後直接上床，就會噁心。

　　他對中國人進屋就要換鞋的習慣頗有微言，主要是覺得太麻煩；更驚訝中國人在室內可以換很多次鞋，從來不會搞錯或忘記。例如去廚房換一次拖鞋，去後院又換一次，回臥室又是另一雙，搞不好廁所還有一專用的。他認為進屋換鞋是對的，起碼不會把過敏的花粉帶進室內。不過他花了很長時間還是記不住怎麼換鞋，何時換鞋，常常發生把室內的拖鞋穿到室外去，或是穿著廚房的拖鞋進臥室。有一次，他好像發現新大陸似的高興地說，他終於找到了一個妥善的方法不再受到換鞋的困擾，就是鞋上再套鞋。

　　一種習慣的養成是潛移默化的，非一朝一夕可以改變。就拿文化來說吧，無論你多喜歡他族的文化，始終不會比當地人更精通。

　　我非常喜歡美國鄉村音樂，到了一聽就停不了的地步。我先生雖然是在美國土生土長，但對我這百聽不厭鄉村音樂卻大叫吃

不消，曾經一度把我在美國CD都藏了起來。誰知我回了一次香港，把以前收藏的CD都帶了回了美國，而且都是成套的。不要看他沒有我那麼熱衷鄉村音樂，可是每一首我播放的歌，他不但都說得出歌名、歌手名，還對每一首歌創作的背景、歌手的故事瞭若指掌。他會告訴我，這一首歌是歌手寫給剛過世的父親，但這首歌卻成了自己的絕唱，因為沒有多久他也去世了。還有一位歌手在上飛機時得知自己一位好朋友急著回家，就把機票讓給了他，誰知飛機失事，好朋友也死了。悲痛欲絕的他為了紀念好友寫了平生第一隻歌，從此大紅。呵呵，我以後再也不會在他面前自稱懂鄉村音樂了。文化需要長期的薰陶和年代的浸應，不是一年半載能夠獲得的。

二、心理

既要熱愛真理，也要原諒錯誤

——伏爾泰

再忙也不能減少每天能愉悅自己的事情，例如下午茶。

有容乃大

　　一位專欄作者寫文闡述自己對性感的看法，卻遭到了一位讀者的投稿，引證論據加以反駁。據我的理解，那位專欄作者在她的文中主要闡述了三個觀點：一、不同意章子怡和周迅被公認性感的說法；二、給了性感另外的定義：性感代表獨特風度，氣質，內心豐富和母性的溫柔等等；三、給反其觀點的人一個結論：即凡是認為穿得暴露就是性感是淺浮和粗糙的。專欄作者有與眾不同的觀點不足為奇，離經叛道也未嘗不可，但問題出在她所作的最後結論上，實在言重了，照她的結論，連文學幽默大師林語堂，朗文牛津及現代漢語字典的編撰者們都被一網打盡，雖說權威和公論可以挑戰，但不能刻意去貶低。

　　清朝兩廣總督林則徐在查禁鴉片時期，親筆手書的一幅自勉堂聯。其中「海納百川，有容乃大」的句子表明了他的處世之方。意指海之所以浩瀚無邊，是因為其容納一切河流之水。用來比喻一個人要想氣度、胸懷寬廣，就要不僅寬容別人，還要不斷的吸取不同的知識。大海之所以成其大，是因為它有接納百川的容量。「有容乃大」出自《尚書・周書・君陳》：「有容德乃大」。包容是很高的品德。每個人都有自己的觀點，也都可能有自己的片面和局限。在這個世界上或多或少的人和事，甚至說法不對自己的胃口，提出自己的看法供討論，提出自己的論點去質疑，那是積極的態度。平心靜氣地去瞭解不同的觀點和聲音，更是我們不斷成長的要素。我們如何去判斷，去平衡，首先需要我們去學會寬容。

　　記得多年前採訪陳香梅女士，她讓我真正懂得了什麼是有容

乃大的真實意義。且不說高齡的她，每星期還讀十本暢銷書，積極工作。令我印象深刻的是，當我們談到在國內有許多出版社都在她不知情的情況下翻印她的著作，從中獲利，我以為，她會憤怒，但她卻笑呵呵地說：「這也是因為讀者喜歡我，雖然我不認同那些出版社的行為，但不會追究，畢竟讀者受益了。」

　　用一笑了之來對待侵犯自己版權的行為，這就是陳香梅女士的胸襟。她不是沒有途徑，沒有時間，沒有財力去追究，而是她把時間財力用來追求知識、提攜後輩、用於公益上了。當然每個人的世界觀不同，每個人的處世方式都不會一樣，但我始終認為：「多點寬容，留給自己的一定是快樂！」

用幽默還擊無禮

　　在日常生活中，常常免不了和陌生人接觸，例如購物，乘車時，有時候會受到不太禮貌的對待。有次在上海購物，當我在一家服裝店興致勃勃地隨手拿起一件衣服欣賞時，站在身邊的營業員劈頭蓋臉地對我說：「這件衣服你穿不下的。」我詫異地看了看她，心想：你怎麼知道我是買給自己的呢？還有一次定做絲絨旗袍，正為挑選紫色還是黑色而拿不定主意的時候，裁縫冷不叮說了一句：「你臉這麼黑，當然不能用紫色了。」稍微有些常識的人都會知道，穿這種旗袍，肯定是去赴宴的了，那麼，哪怕你是黑人，化妝師也會把你打扮成白雪公主了的，況且，再怎樣，也不能向一個不相識的人，這麼直截了當的說話，既便沒有惡意之心。

　　那我們應該怎樣來對付這些無心之矢的攻擊呢？很簡單，用幽默來還擊。這樣起碼不讓好心情沮喪起來，二是簡短地把對話結束，因為你已經知道對方是一個不會說話的人。

　　灣區一位文學碩士出身的幽默女作家，有次去上海訪問，在她向計程車司機報路名的時候，錯讀上海的一個路名，認為自己聰明無比的司機就發話了：「你沒讀過什麼書吧？連這個字都會讀錯！」那位女作家不想多和他糾纏，就順著對方的意思：「是啊！我沒讀過什麼書。」這位司機既不懂得看人也不懂得尊重人，卻想刨根問底去挖人家的故事：「你這麼年輕怎麼會沒讀過書？」五十多歲的女作家一句話就把他的嘴給堵上了：「我沒考上。」

　　也是在上海，一次去很大的一個超市，原本想買一些袋裝的

木耳，卻被一個做市場推廣的小夥子說動了心，在他用大麻袋裝來的家鄉山東木耳堆前，和幾位大姑各自挑選忙。突然來了一位男士，不由分說，把自己的雙手插進木耳堆裡，把木耳從底下拚命往自己面前掏過來，霎時間，塵土飛揚，我忍不住說了一句：「請你輕一點，太多塵土了。」他卻得意揚揚的說：「你不懂，吃點塵土是好事。」我就故作驚奇的對他說：「看不出你還有這種愛好，不過你來錯了地方，你應該去建築工地。」他討了個沒趣，悻悻地走了。

著名的臺灣外交家葉公超先生有一次打電話給自己的朋友李公子，李公子沒在家，是他的僕人接的電話，葉公超就報上自己的名字，那僕人沒好氣的說：「你是葉公超，我還是他的爸爸呢。」葉公超笑到：「那好吧，爸爸，請你告訴我，李公子去了哪裡？」

用幽默還擊無禮，既達到了目的，又不傷和氣，避免了不必要的爭執，還讓對方沒有再無禮的餘力。

心理自療

　　友人打電話來，訴說因為最近常常天氣不好，陰陰暗暗的，搞得她的心情也不好，悶悶不樂，情況延續了差不多有一個星期，做什麼事都提不起精神來。

　　在生活中，確是有很多事情會影響人的情緒，天氣也是其中的一種因素，也是被公認的，在宋詩中，古人已有用「黯」來描寫心情憂鬱。且不去研究心情憂鬱是怎樣發生的，但儘快走出這情緒的低谷卻是非常要緊的，《聖經》有寫：「喜樂的心，乃是良藥；憂傷的靈，使骨枯乾」。

　　和身體經常都會有一些不舒服一樣，心理偶爾也會有些小毛、小病發生，輕者可以自己調理，重者需要專業醫治。當我們為一些事情而煩躁不安時，最好能做一些事情，說明抽離目前的環境。走進大自然是一個非常好的方法，有研究指出，當人的視線內百分之八十都是綠色時，人的心境就會自然開朗。如果當時的條件並不許可，看電影是另一個好辦法，尤其是看一些情節緊張，故事趣味濃的電影，至少可以暫時脫離煩躁。購物和享用美食也是非常有效的調理情緒的方法，只要條件許可，去商場買自己心儀已久的物品，或是品嘗家鄉佳餚的美味，情緒會自然好起來。

　　有時候，為了某件事或某個人不開心或是想不通，可以嘗試這兩種方法，一是調換角色思考：如果我是對方我會怎麼做？嘗試去瞭解對方的動機，或是實在想不通就不要去想，靜觀事態的發展，或許會有出乎意料的結果。還有一種方法可以舒緩激憤的心情，那就把你的心情寫下來，或者述說給你信任的人聽。

　　不是聖人神仙的我們，有時很難把握自己的情緒，如果當你的不快樂心情，持續了兩個星期，必須要向醫生求助，用藥物去打破這惡性循環，當然，也可以找心理醫生去聊天。「時間是治癒創傷的最好良藥」這句話並不完整，因為如果你不積極地去面對、去改變，時間再長也無濟於事，反而會帶來惡果，因為情緒的低潮持續過久，會影響到你的思想、身體和行為，以致影響到個人正常的生活，這個時候可能就已經發展成為臨床意義上的憂鬱，也就是憂鬱症了。

　　和注重身體保健一樣，心理衛生也需要做到防範於未然，很簡單，在生活中，學會可進可退，根據自己的實際情況制訂目標，隨遇而安，這樣就不會給自己過多的壓力；不要把自己想的太偉大，注重結果同時也享受過程，記住高處不勝寒的道理，知足才能常樂！

盡力而為和極盡全力

有這麼個故事，兔子被一隻餓得發昏狼拚命追趕。追了一段路，狼就放棄了，氣喘噓噓地坐在了路邊，自己安慰自己：「我已經盡力而為了，吃不著兔子可以吃其他東西呀，何必那麼為難自己。」而小兔子會到窩裡，得到同伴們的熱烈迎接，同伴們稱讚它擺脫了狼的追捕，小兔子說，這關乎著我的性命，所以我要極盡全力.

人生的路上，總是要碰上各種事情，那麼，用什麼態度去對待，就有什麼後果出現。記得當年在香港讀大學的時候，我很想拿獎學金，但卻被告之，要所修的十二門課都拿到A，才可以拿獎學金。那時我正在一家酒店任管理工作，工作相當繁忙，家裡除了家務，還有一個上小學的兒子需要照顧，不可能放很多時間在學習上，所以我改變了初衷，不再去想獎學金的事了。兩年後，在畢業典禮上，有同學拿到了獎學金，我們都為她鼓掌。她說，為了證明給自己看，花了五年時間，不知多少個不眠夜，為了得到獎學金，她極盡全力，她成功了。說實在，開頭我非常的羨慕，但一聽到極盡全力這幾個字，我完全冷靜了下來，是的，自己只是盡力而為，所以我除了在時間上稍快完成學業之外，十二門拿的都是C或B，沒有一個A，正所謂一分耕耘一分收穫。

由此聯想到，在現實生活中，可以看到一些出身背景一樣的人，會有截然不同的命運，有人會說是機運的眷顧造成，我看個人努力的深淺占了很大的機率。

怎樣對待你的「上帝」

「顧客就是你的上帝」，這是一句金句，也是警句，尤其是服務性行業，如果想要生意紅火，那更要把這句話無時不刻地銘記在心。不過長期的經驗告訴我，對待顧客需要的是全心全意的尊重，但絕不是盲目的侍奉。

那時我還在酒店工作，有一次，房務部門的同事不能忍受一位住客的無禮要求，但又不敢得罪，不知如何是好。通常住過酒店的人都有這樣的常識，貴重東西隨身攜帶或存放酒店的保險箱，而酒店服務員會在客人離開房間這段時間清潔房間，可以避免騷擾客人。但是當時這位客人的要求非常特別，他要服務員在他親眼監視下清潔房間，而且清潔的時間由他定。

我找到這位客人，先問他對本酒店的有什麼意見，他說並沒有什麼意見，住得很舒服，只是不放心陌生人打掃自己得房間。一聽就知道，這人第一次住酒店，對酒店得基本認識欠缺。我告訴他，租酒店不同於租房，租客鑰匙到手，連屋子的主人都不能隨便進出了。而酒店的服務員都有備用鑰匙，況且她們不是為個人服務的，希望他能配合酒店的工作，如果他實在難以克服對陌生人的恐懼感，那應該去租短期的公寓，或者自己打掃酒店房間。他聽了我的話臉都紅了，連說是誤會，他完全信得過我們的酒店。他又接著住了兩個星期，再也沒有聽到他有什麼特殊要求。他得到了滿意的住處，而我們也贏得了尊嚴。

還有一次，那是我在廣告公司做事。有一次在為客戶籌備一個大型展覽的時候，該客戶非常滿意我們為他的產品量身定做的建議書，但就要求把價錢調低，態度十分堅決，負責這文案的

同事幾乎要投降了，我決定找該客戶談一次。那是一位很驕傲的生意人，他覺得我們和他合作如果不降低價錢，就是看不起他。為了證明這一點，他把這次展覽會所要用的所有材料費都計算出來，什麼釘子多少錢，木板是多少錢一塊等等，然後得意的問我：「成本那麼低，你們居然要收我這麼多錢，當我是傻的？」我問他：此次展覽的目的什麼？如果僅僅是為了展示他的產品，他自己就可以做，把產品直接掛在牆上就行了，連背景板都可以省了。如果他是想通過我們的包裝，把自己的產品提到更高的層次，那這個已經不是用錢可以計算出來的。我還和他算了筆細帳，參與製作展覽計畫的同事，全部是有相當專業經驗的大學畢業生，有的還得過國家的設計大獎，他們為自己的知識所付出的金錢和時間，如果要用錢計算的，恐怕很難算得精確，而他們的聰明智慧，更不是用錢可以買到的，換句話說，專業知識比錢更有價值。那位客戶最終在合同上簽了字。

　　在服務行業中，最令人頭疼的就是顧客的投訴了，因為如果處理的不好，對企業不僅會帶來負面的影響，而且會有反宣傳的壞效果。

　　記得有一次，酒店的附近路段的地下水爆裂，在搶修過程中，附近的自來水供應都斷掉了，酒店供水也受到了影響，有一個多小時沒有自來水供應，為了彌補客人的損失，我們把當天的退房時間推延了三小時，客人們都接受了，但是有一位美國客人卻堅持要免收他當天的房租才甘休。我耐心地聽了他的投訴，然後告訴他，酒店方面接受他的要求，但不能馬上就照辦，因為我們也是受害者，我們會控告政府，沒有事先警告我們，等我們從政府方面拿到賠償金後，馬上會補償給他，請他留下地址。那位客人沉思了一會說：「我沒有考慮到你們也是受害者這一點，其

實我也沒有什麼具體的損失，我看此事就這樣算了。」他愉快地離開了酒店。所以說，當我們把自己和顧客放在同一位置的時候，比較容易得到他們地諒解。

在接洽客戶時，除了讓對方看到本公司的產品品質，最要緊的是讓顧客對你充滿信心。我在廣告公司工作的時候，有一次，上海市商會要出一本有關外資企業在上海經營的圖書，許多廣告公司進行了策劃投標。在公布投標結果的會議上，市政府的人表示；策劃投標書各有千秋，他們想聽聽各個公司的代表對即將的製作過程有什麼看法或者要求，然後再決定中標結果。各個公司的代表踴躍發言，無外乎表決心，信心十足地說沒有任何問題。我是最後一個發言的，提了一個要求：「基於此書所有的資料都是有各外資企業各自提供給製作單位，牽涉面甚廣，只要有一家誤期，那麼整部書的出版都會受到影響，所以最好的做法是由市政府出面，和各個關聯的外資企業簽下有關條例，這樣才能保證書能按時出版，同時也可保證書的品質。」我發言時，公司同去的創意總監拚命在桌底下踢我的腳，他是擔心這樣一說，政府部門會對我們失去信心。不過出乎他的意料，我們公司拿到了這個大製作。看來周全地替客戶考慮，要比口頭的豪言壯語更能贏得客戶的信任。

第四類情感

　　回大陸探親了一次，學會了一些新的詞語，例如「第四類情感」和「話療」。

　　什麼是「第四類情感」呢？據說是通指除了親情、愛情和友情之外那說不清、道不明的情感。有這樣的情感嗎？我想是有的。我們都知道，親情、愛情和友情泛指什麼？人們常說，親情最為重要，愛情最為感人，友情最能持久，但這三種情感還是不能把人類埋在內心深處的情感表達出來，人們需要更深層次的、更坦白的、更徹底的感情溝通和傾吐。

　　「寵物情」，許多人把自己的寵物當作最知心的朋友、最寵愛的孩子，不僅在那些貓貓狗狗的身上花上大量的金錢，也傾注了很深的感情，這種很深的感情既不屬於友情，也不屬於親情，更不可能是愛情；所以這種寵物情可以算作是第四類感情了。是否那些具有強烈寵物情的人缺少親情、愛情和友情？當然不是，那是屬於三種基本情感之外的情感，其中包括有信任、倚賴、寄託等多種因素。

　　自從互聯網出現後，又多了一種「網路情」，許多人為此如醉如癡，除了在網上瀏覽消磨時間的外，好多人在網上和一些素未謀面的人建立了一定的關係，他們會探討一些非常私人的問題，甚至是一些連自己的親朋好友都未必啟齒的隱密，可能也是因為對方摸不著也看不見自己（除非有需要見面另當別論），不必擔心人言可謂的麻煩，往往也是人們肯打開心房的關鍵。

　　「一夜情」，其實也應該歸於第四類情感，當然性欲的發洩多於情感的流露，但同樣是人性的一種宣洩的方式。一夜情因

為牽涉到性，所以在傳統觀念的中國人的眼裡，那是邪惡的，基本上不大有人敢承認有過如此的「情」，甚至不敢認同「一夜情」。可以和一夜情相提並論的還有「知己情」，「知己情」那是一種超出友情，又沒上升到愛情的男女情，且不用倫理道德的觀念去評判，如果第四類情感能夠為有需要人們的心理帶來舒坦的話，也未必是壞事，人的健康生活是重要過一切地。

「話療」是人們對於一些喜歡和他人分享生活，而又長時間找不到適合的場合和對象，長期壓抑後終於可以滔滔不絕的一種現象的戲稱。需要話療的人就是想講話的人，而他的聽眾往往在不知情的情況下當了他的「話療師」。這些「話療師」通常是說話者的鄰居、朋友，甚至是旅途上的陌生人，「話療師」的身分雖有不同，但卻有一個共同點，那就是他們只是一個聆聽者，至少在說話者眼中，他不會有任何殺傷力，不會帶來任何後果。話療是一種很好的心理疏通管道，比起第四類情感，沒有沉溺的危險。在物質豐富、生活節奏快速的現代社會，人們是需要有更多種的方法來保護心理的健康。

你想做誰

「你幸福嗎？如果你可以重新選擇，你想做誰？你想做什麼樣的人？」以上的問題是文友張慈讓我認真回答的，為此，她還發起聚會，讓我們在南灣的一群姐妹將以上的問題為題目，認真討論，彼此分享心得。

首先，很感謝她給了大家一個機會，去仔細考慮目前境況，探討自己在生活中的定位，尋找生命的意義。人，在繁忙的生命旅途中，是需要某一個片刻的停頓，來思考自己的何去何從。

我不敢說幸福，幸福兩個字太沉重了，需要好多條件來支援。我也不想追求幸福，怕為了得到幸福而付出太多。我所嚮往境界是「活得自在」，我給「自在」的定義：盡一切你該盡的義務，承擔你該承擔的責任，做所有你想做的事；根據這個定義，我現在活得不甚理想，因為活得還不自在。

我想做誰？很多人都是我所羨慕的，例如專業人士和慈善家，他們可以運用自己的智慧，為社會直接做貢獻而贏得人們的尊敬和愛戴。但想深一層後，我又放棄了這個念頭，原因有二：

一、要想成為專業人士和慈善家，先要付出很多。專業人士往往都是苦讀寒窗十幾或二十幾年，而且終身要在無垠的學海裡面馳騁，沒有止境。慈善家累積財富的過程也不會輕易簡單。我是否有他們同樣的能耐，確是首先需要考慮的，不想因缺乏和別人相同的能力而達不到別人的成功，憂鬱成病。因為個性不同也會造成你想成為某人的障礙。有兩個畫家，他們曾因為合作了一幅畫而一起成名，但後來發展卻截然不同。一位成了世界聞名的

演出者，名利雙收，另一位卻默默獨居一室，畫作無人問津；後者常常為沒有達到和前者的一樣的成功悶悶不樂，因為他們的出身，才華都是相同的。但不明白決定了他們的生活之路不同其實是他們的個性，前者為了能讓更多的人認識自己，曾不惜削價出售自己的作品，認為藝術品沒有貴賤之分，只有市場的供需之求。得到越來越多的人賞識，他的畫也成了奇貨可居的拍賣品。而後者非常看重自己的藝術成果，把畫價看成是別人對自己的尊重而銷路有限。所以說，想做怎樣的人，除了能力之外，還要肯定自己是否肯付出別人所付出的一切。

二、是我想成為專業人士和慈善家的目的，無非是想像他們一樣得到人們的愛戴，那有無其他的方法可以達到這一目的呢？答案是肯定的：做一個對自己身邊人有用的人！無論身處在什麼樣的環境，無論你是一個怎樣的人，做不了驚天動地的大事不要緊，都可以盡自己能力，做朋友的知己、家中的主心竿、公司的螺絲釘，那麼朋友們會愛你，家人離不開你，公司需要你，就算不能為社會直接做貢獻，但仍然活得理直氣壯，做這樣的人不難，至少我覺得。

　　想來想去，我給張慈的答案就是：「做回自己，即便活得還不十分如意，，但起碼活得輕鬆。」

提倡簡單思維

　　最近做了一組非常有趣的思維測試，題目都是很簡單的，但卻會答錯，其中有一題是問：「把一隻長頸鹿放進冰箱，應該怎樣做？」一般人會回答「不可能，冰箱那麼小」或者說，「怎麼能把活生生的東西放進冰箱」；答案錯了，要注意，這個問題並不是問可不可以把一隻長頸鹿放進冰箱，只是問怎樣做，所以正確的答案應該是：打開冰箱的門，把長頸鹿放進去。沒有答對的朋友因為想得太複雜了，據說許多專業人士甚至是顧問都沒答對這些簡單的問題，反而是一些學齡前的孩子們的答案是正確的，為什麼會這樣呢，因為孩子們思想簡單，他們相信這個問題是真的，所以就老老實實的照問題所問地回答了。

　　讀報看到一則文是敘述朋友間的友誼的，A女士自認非常注重朋友間的友誼，為了朋友她什麼都肯做，當有一次她需要兩位女朋友開車帶她去參加一個聚餐時，遭到了他們的拒絕，一個說自己不認識路，另一個說自己不舒服，當然他們的理由被認為是推脫，更是並不高明的藉口，因為說自己不認識路的女士，每天需要接送孩子，怎麼可能不熟路？說自己不舒服的女士，並沒有在家好好的休息，所以他們兩人不願意接送A女士的原因被看作是不肯幫朋友的忙，或是小氣、嫌油費太貴。看完了文章，有點感歎，首先因為朋友間的友誼並不是靠等同的付出來維繫的，其次，A女士兩個朋友的不能來接她的理由為什麼不可能是真的呢？每天送孩子上、下學的媽媽，好多都只認識自己家和學校附近的路，另外好多人為了安全的理由，不是必須不開車。好萊塢名導演吳宇森就是一例子，因為他喜歡想事情，開車時影響了專

注。我的一位長輩開車二十多年了，只認識自己家到機場的路，老公經常公幹出差，需要她開車接送，而她老公在家的時候，就全天候的做她的司機。還有，身體不舒服就一定要在家休息嗎？有好多病是需要戶外活動來說明康復的，為什麼A女士不相信朋友的話呢？

　　信任危機，在當今生活中並不少見，甚至朋友間鄰裡間被人禮待了，也會有疑問：「為什麼她／他要對我這麼好，一定有什麼目的！」現在人們提倡簡單生活，其實也有必要宣導簡單思維，不要把生活中的一些事情想得複雜化，相信別人，相信別人對你好只是想說明你，相信被人拒絕你的出發點是為了愛護你，不去質疑原本是很簡單的事情，那就要常用「相信」，「相信」可以簡化思維，少了很多煩惱和不開心，人就會快樂，請相信！

男人累了

　　香港的一位大富豪一改以前和女星緋聞不斷的作風，和一個普通的大學生戀愛上了，他們相識在女學生打工的百貨公司櫃檯。一個人人羨慕的浪漫故事。女學生為富豪誕下一女，卻並未就此嫁入豪門，繼續回英國完成學業。富豪之前的女友，心有不甘，冷槍暗劍造謠生事也難消心頭的妒嫉。她們可能想都不明白，自己的身分、地位、美貌哪一點也不輸給女學生，可偏偏就是沒有對方那麼運氣好呢？其實錯了，對於富豪來說，這些他不在乎，可以說只要他願意，隨手一大把這樣的女人由他挑選，也可能也就是因為以前的經驗使他怕了這樣給他帶來是非的女人。富商坦承他愛的是對方的簡單、坦白、開朗的性格，給自己帶來了歡樂。

　　我以前寫過一篇真實的故事，叫做《女人的率性是男人的赫爾蒙》。說的是一位身居大公司要職的成功男士，為人嚴謹，卻墮入一個黃毛丫的愛河。這是他公司的一個年輕職員，當他的情人出國深造時，他居然可以放下平時連一天也離不開的生意，請假一個月，陪伴女孩，為她拖地、洗衣．女孩感動得流淚，他卻感謝女孩，讓他活得年輕了，感到了生活的美好一面。

　　人生就是這樣，你看我好，我看你好，可是人背後卻有著許多不為人知的真相。很多社會名流、成功人士，他們的處境多數是高處不勝寒。太多生意上的顧及、太多的生活應酬，有時甚至需要帶著假面具做人。人在江湖身不由己，一句話，他們累了。女人的身分地位更成了他們的累贅，美麗也難敵歡笑的魅力，所以誰能讓他們開懷，誰就成了他們的寶貝。

雙贏心態

　　我很喜歡的一個不週期性社交活動——主題聚餐會——暫停了。最近才得知原因，原來召集人熱心的籌辦，在某些出席者的眼裡，卻成了有很私人目的舉動，因為召集人是作家，所以她們質疑是她尋為找靈感而舉辦了這些的討論。這真是「以小人之心度君子之腹」，連常識都缺乏的小心眼。第一，先不說作家的靈感是來自對生活的觀察和認知，又不是作研究調查，會取決於朋友間的某一次有主題的談話。第二，即便是作家從這次談話內容中，受到了某種啟發，但是否就可以發展到有主題、故事、情節，可以提筆寫作，答案恐怕是「不」字。

　　早就知道現代的好人不宜做，因為會被人家懷疑居心，「為什麼這麼好？肯定有目的」。其實，這是心態問題，試想一下，如果對方讓你得到了好處，那有目的又怎樣？如果因為對方讓你得到了好處而她自己也有了好處，這不是更好嗎？這就叫做「雙贏」！人性有怕吃虧的心態，所以就會很自然的猜疑其他人做好事的出發點，例如，一個好朋友向自己推銷某種產品，便宜的好貨，多數人會興高采烈，但一旦知道該好朋友從中得到了好處，立馬會把對人家的感謝打一個打折扣，甚至感激之心蕩然無存！這就是人性的黑暗之處！因為覺得對方賺了便宜。但是一個陌生的推銷員因為買賣而得到了傭金，反倒被認為正常！這種心態，說穿了，就是忌妒。

　　說個故事，我爸爸閒來無事也愛打小麻將，叫他最多的是我舅公、舅婆，老人家都九十出頭了，老小老小，老人和小孩子一樣愛贏，每一局都想贏，我爸就故意做大牌，把時間拉長，讓他

們有機會小牌「叫糊」，好多人說我爸，送錢給人，真不划算。我爸就認為，對他自己來說，這只是一種娛樂，凡是娛樂都要花錢的，去舅公他們家打牌，人家招呼熱情，又是點心又是飯局，玩得開心、吃得也開心，所以即便是讓對方贏一些錢又何妨，去外面消費，不是也一樣要花錢，還要給小費呢！他就當自己在外消費，只不過把商家換成了自己人。大家開心！有了這種雙贏的心態，他成了舅公家最受歡迎的「牌友」和親戚，無論有牌打或是無牌、喜慶節日、家庭朋友聚會，他都是舅公邀請名單上的客人。

人生不圓滿

　　香港著名藝人沈殿霞因病逝世了，終年才六十歲，不禁令人傷感。這位家喻戶曉，被人們譽為開心果，同行尊稱「肥姐」，敬業樂業的香港無限電視節目的老臣子，在自己四十多年的歌影視三棲的演藝生涯裡，成功地將自己溶入了所主持的節目和電影螢幕的角色，長期帶給觀眾歡笑，她事業上的輝煌成功，並不靠的是外形和演技，而是展現自己大情大性的真性情。肥姐在私人生活中也非常成功，她敢作敢言愛打抱不平，使她贏得了許多知心朋友。事業上的成功為她帶來了豐厚的身家，她喜愛美食，也有能力盡情享受，坊間傳說她家中的一個浴缸專門用來發魚翅等貴重海鮮，和女兒用鮑魚當早餐也傳為美談。她女兒非常的孝順和親近，是每一個母親都想得到的。但是沈殿霞的人生也不圓滿，她的破裂婚姻是她一生的致命傷痛，一個她為之付出全心，不顧生命危險生孩子來挽救感情的男人，背棄了她！

　　就如同張忠謀所說的：「每個人的生命都被上蒼劃上了一道缺口，你不想要它，它也會如影形隨。」

　　最近看了一本介紹日本王妃雅子的書，這位畢業於哈佛大學，牛津大學深造，曾在日本外務省擔任要職的明日之星，嫁給了日本王太子德仁後，十幾年身居深宮，根本無機會突破傳統，展現自己的抱負，連在一次公開場合說話比丈夫長僅二十八秒，也遭到日本舊禮俗的衛道士們的強烈評擊！這樣一位胸懷壯志的外交官，喜歡周遊世界列國的西式女性，如今真正成了關在金鳥籠裡的金絲雀，比金絲雀還慘，因為金絲雀還能隨意的高歌吟唱。

　　其實，環顧我們身邊，生活十全十美的人，可以說是沒有，是不存在的。有的人，事業成功，但身體不康健；有的人家財萬貫，但卻生不出孩子；有的人生活理想，卻遠離故鄉；生活種種的不圓滿構成了我們真實的人生。

　　那我們應該怎樣看待我們不圓滿的人生呢？張忠謀把人生的缺失，比作背上的一根刺，時時提醒自己要懂得謙卑、懂得憐憫他人。他說，人生如果沒有蒼傷和苦難，人們會變得自大和驕傲，因為人生的不圓滿，我們就不會和他人作無謂的比較，而會更珍惜自己所擁有的一切。

　　我想也是的，因為肥姐人生的不如意，我們更尊敬她，她對人歡笑，背人憂愁的敬業精神，讓人們對她更愛戴有加。她的形象在我們的心目中也難以磨滅。

標準不一

好友老是為著清潔廚房和丈夫爭執，因為她老覺得丈夫要不就是碗洗不乾淨，要不就是收拾廚房的時間太長。她丈夫滿腹委屈，經常向我們投訴。他說有時那些碗筷並不油膩，用熱水洗刷一下就行了，而清潔廚房，尤其是擦爐罩，通常是隔一段時間才做的，要把縫隙裡的油膩都去掉的話，當然需要時間了．

兒子和女朋友同住，平常只見女朋友多做清潔工作，不禁埋怨兒子，應該懂得照顧女孩子，兒子據理力爭：他都有做，但怎樣做她都不滿意，好多次自己做完之後，女朋友還要再做一次，多此一舉，後來索性他就不做了。

記得美國速食連鎖店麥當勞剛在上海開張時，那時上海還未安全開放，樣樣開張的準備工作都進行得非常的順利，就是廁所的衛生總不能達到總部的標準，而上海的員工都認為已經非常的乾淨了，認為總部是沒有理由的挑剔。麥當勞總部特意派員去考察才發現，原來上海的員工，從來也沒有見過標準乾淨的麥當勞廁所，當然無法按照總部的要求清潔廁所了。

人們做任何的滿意程度都取決於標準的高低，如果懂得這一點，標準高的人不能怨標準低的人又懶又笨，標準低的人也不能投訴標準高的人潔癖麻煩，人們不可能達到一致的標準，但卻以互相的理解取得生活的和諧。

女人穿衣

　　樸貞順上課又遲到了，我知道她是為了接兩個女兒放學。當她按照我的示意，在我旁邊預先留給她的位子上坐下後，急不可耐地伸出自己的腳讓我欣賞，哇！只見在淺藍綠細皮編織的高跟涼鞋內那雙白白的腳，每一個腳趾甲上都盛開著一朵黃心小白菊花，因為底色是寶藍，所以襯托著小白花特別可愛。她在我耳邊得意的說，昨天和我老公幹了一架，這是對我心情不好的補償！

　　我不由得把她從腳到頭細細端詳，米色底小花布短裙子，上面不規則地散開非常淺得的藍綠色小花，一件泡泡袖的淺橄欖綠的圓領短袖衫，胸部上方用繡拉起了一條寬兩寸的網，一直到雙肩。網下自然起了小皺迭，卻遮蓋了她平胸的缺點。戴著一頂粉藍色的八角帽，烏黑油亮的頭髮自然捲曲，平服地貼在她那跟日本娃娃白瓷臉一樣白的臉蛋上，亮亮的藍眼影，透明的唇膏，她真美，她的美，美在利用色彩展現了個人的魅力，美在恰到好處，美在不經意的流露。

　　貞順是韓國人，以前在自己的國家是物理治療師，因為服從身為醫生丈夫的意願，讓孩子早點接受美國教育，獨自帶著兩個讀小學的孩子在美國生活已有兩年，因為丈夫自己不捨得離開在韓國的事業。貞順不甘心脫離社會，儘管丈夫不願意，她照樣在週末去日本餐廳打工，為了及早寫出碩士論文，在美國重拾自己的事業，她又在大學讀書，還要照顧孩子家務，忙得不可開交，但每次上課都會打扮得漂漂亮亮。她懂得選擇最適合自己膚色與個性的顏色，襯托出自己的形象，而且一點都不誇張，穿出了魅力與自信。

　　色彩具有不同的個性與能量。就拿貞順的顏色配搭來說，粉藍色與天藍色使人心情舒暢，綠色給人一種溫和與協調的感覺，能使人平靜舒適，符合她含蓄的個性，但貞順的美麗的趾甲畫卻袒露了的她內心深處的奔放。

　　貞順是我們班上一道美麗的風景，她的打扮讓人感到端莊智慧且不失活潑感，正像她告訴我的一樣：「雖然我是兩個孩子的媽媽，但我的心只有十八歲。」她的話使我想起巴爾紮克在《夏娃的女兒》（Daughter of Eve）中所寫的：衣著對於女子是一種語言，一種象徵，一種內心世界的直接表達……。

做壞的準備──往好的努力

　　一家生產鞋子的公司，派了兩個銷售員去一個海島做市場調查。回來後，老闆看到的是兩份截然不同的報告。甲認為，公司不應該在該島設銷售點，因為島上的漁民沒有一個人穿鞋子。乙卻興奮地報告，發現了一個很大的市場，試想，只要該島的人每人買一雙鞋子，公司的利潤就大為可觀了。

　　這個故事通常被人們用來測試個性。同意甲觀點的人，是悲觀的人；而認同乙意見的人則是樂觀的個性。其實，個性悲觀、樂觀都不是壞事。悲觀的人，往往把困難之處多考慮了點；而樂觀的人，容易看到希望，但兩者都有可能過於片面。對甲來說，他只看到了一個現實，漁民在島上生活時不習慣穿鞋，但他卻沒有想到漁民在其他場合還是有需要穿鞋的可能。對乙來說，有沒有想過為什麼漁民每人要買一雙鞋呢？俗話說，看到的路未必走得到。

　　做人做事，悲觀也好，樂觀也好，最要緊的是心理平衡。如果我們做每件事，都能做最壞的打算，往最好處努力，那麼既可以在通往成功的路上能考慮各種可能，加強成功的機會，也可以在失敗的時候承受結果。

承受力的重要性

　　友人買了一隻寵物狗，她一心一意把狗訓練成獵犬，她家附近沒有山林，靈機一動，何不利用自己家的游泳池。於是乎，她就訓練狗跳水去捕撈自己故意扔進泳池各類物品，每天兩、三小時，漸漸地小狗似乎越來越進步了。於是友人天天定下新的指標，希望小狗每天都有新突破。有一天，小狗練了一會怎麼也不肯下水了，友人就把他扔進泳池，逼著他進步，小狗爬上來，她又扔進去，一次、兩次、三次，第三次，小狗再也沒有上來過，他沉了下去，淹死了。

　　多年前，在美國的一間大學的學生宿舍裡，正當大家圍在一起觀看足球的時候，忽然聽到一聲巨響，原來一位全A的優等生，跳樓自殺了。在他寫下的遺言裡，他說覺得老天為什麼對他不公平，別人都在休閒，而自己卻還在埋頭溫習，他覺得自己太悲慘了，所以決定結束生命。

　　生活中，每個人都有自己的理想和目標，但是得到與否，除了積極爭取努力獲得之外，還要看看自己有多大的潛力和承受力，友人的小狗，根本不具備成為獵犬的條件，而友人卻認為只要是狗，都能訓練成功，而沒有考慮他的承受力早已過了極限，所以發生了悲劇。

　　自殺的美國學生，首先他沒有想到自己得到的比其他學生多，當然要比別人付出的多；其次他不清楚自己的承受力是多少，如果拿全A覺得太累，那就適可而止，不要讓自己的身心太疲憊，如果他考慮到了這些問題，完全可以避免悲劇的發生。

　　有一句人們常說的豪言壯語：「別人能做到的，我一定能做

到！」這句話不全面，因為每個人的能力和承受力都不同，況且還有時間地點體能的因素起了一定作用，舉例說，色盲的人絕對成不了畫家。不過當看到別人成功的時候，我們可以這樣反省自己：在同樣的條件下，他們做到了，為什麼我沒有做到呢？

女人的眼淚

有段時間老覺得到了晚上缺了什麼，原來是因為熱播的電視劇《金婚》結束了。過去那幾個月，每天晚上我都會追看這齣劇，賺了我不少眼淚。女人的眼淚為悲哀，也為喜悅。有人說，中國女人的眼淚就是多，這話不假，在《金婚》所描寫的那半個世紀裡，國情所逼、情緒所困，中國女人不是想做什麼就能做什麼的，而且不想做的是又偏偏被逼著做，例如要滿足婆婆的要求，和丈夫的磕磕碰碰、孩子的無知取鬧等等，委屈和壓抑的心情只能隨著眼淚流出。

中國人又不大善於用語言來表達自己的感情，流淚成了一種表示歡喜或其他的心情的方式。不去研究這種哭哭啼啼的方式是否是中國女人生存的特色，不過可以肯定，如果沒有了哭哭啼啼，可能會為女人的生活帶來可大可小的麻煩，這是我親身經歷過的事情。

公正地說，我不能算是一個好哭的人，至少我的朋友們都說沒見過我哭。但自己知自己事，每逢女人的生理週期，我就非常容易鼻子酸，眼睛紅，這時候，身邊如有任何風吹草動的，眼淚就會刷的一下子颯了出來。

大概在五、六年前吧，我在香港的護理醫院裡住了差不多七個月，並不覺得日子苦悶，因為每天的時間都安排的滿滿的，上、下午各一次的物理治療，數次的身體測試、測血壓什麼的，外加三餐，再去電腦室玩上一、二個小時，日子過得也蠻快的。那時住的是八個人的病房，多數是上了年紀的老太太，那個折騰勁，真是要命，而且還輪流來，停不下來。不是這婆發脾氣不吃

飯，就是那嬤申訴護士怠慢；要不就是和醫生理論，說是醫生開錯藥了，最常見的就是逢人就說自己如何偉大，把孩子拉扯大了。開頭我還努力地勸勸她們，後來發現這是一種通病，我也就保持沉默了。

漸漸地，我產生了恐懼，將來等我老了，會不會也向她們一樣無理取鬧，這種恐懼感越來越強烈，甚至想寫下遺囑，告訴兒子，萬一老了變成這樣子，一定要殺了我。終於有一天，我要求見一見醫院的臨床心理醫生，我們認識很久了，但從未作過他的病人。所以他見了我也覺得奇怪，因為我在醫護人員心目中絕對是個很有理性的人。他回答了我的困惑：「你和她們成長的背景不同，教育程度也不同，所以看不出有一絲跡象，你會走上她們的路。」

當他知道我每月有一次容易流淚的習慣時，他問「你多久沒哭過啦？」我答：「差不多半年了。」不是怕被別人笑，而是怕給醫護人員帶來不必要的擔心和麻煩。他遞了一盒紙巾給我：「我馬上有一個會診要出去，你就在我的辦公室痛痛快快地哭吧，哭完了還可以歇一會，你會沒事的，以後想哭就來找我。」我也不知道哭了多久，大概哭累了，回病房就睡了一大覺。睡醒後，腦子也清醒了，覺得之前的想法真是荒誕。從那以後，我很珍惜每一次可以哭的機會，只要不礙著別人，誰讓咱們女人是水做的呢！

理解李安

　　喜歡李安的作品，尤其是《喜宴》。不過遲遲未看他的兩部較轟動和得獎的作品──《斷背山》和《色戒》。主要怕看到前者中我不太習慣的場面，後者的原作也不是出自我所心儀的陽光作家的手筆。這兩部片子是李安很大的成功，《斷背山》就不用多說，《色戒》在我們文化生活中激起的漣漪會持續那麼久，每次和朋友聚會，這個話題不會少，我不由地想看個究竟。前兩天，終於一口氣看完了三個小時的電影DVD版。我喜歡這部作品，李安在這部作品中，把性描繪得淋漓盡致，這裡說的性，並不是性欲，而是人性。

　　在這個世界上，不論是以政治來區分的敵人或朋友，宗教信仰裡的叛徒或英雄，道德領域中的好人和壞人；只要是人，都有那出自最原始的心理需求，用佛洛伊德的理論來解釋，其中之一，人是需要認同和理解的。影片中，王佳芝的叛變是因為易先生的性駕馭成功或是鑽戒的打動，成了觀眾爭論的話題，我認為兩者都不是，而是易先生對王佳芝配合的接受，付出的認同所造成的。我們可以看到，開始，王佳芝只是易先生唾手可得的性工具而已，沒有任何的憐憫，更談不上尊重了。漸漸地，他會對她解釋自己的遲到，述說公務的細節，甚至等待她、懲罰自己，在她面前流下了可以被看作是軟弱的眼淚。此時的王佳芝，是他心靈上的唯一的淨土，他的性發洩已經不是唯一的平衡心態的途徑了，每天提心吊膽生活給他的壓力，使他的內心極具驚恐，王佳芝能給他一時半會的輕鬆，把她的聆聽當作了認同，使他繃緊的心理狀態得以適當的宣洩。王佳芝忍辱負重，但並不覺得有人理

解她，包括她的領導和同黨，只是一味地要她去做做做，甚至連聽一下她的心聲都做不到。當易先生托著她的小蠻腰，信任地連保鏢都不帶，隨她走進了珠寶店，當那大鑽戒放在眼前時，王佳芝震撼了，這是易先生對她的付出的理解和感謝，鑽戒的分量代表了自己在易先生心中的重量，這時的她，又怎麼會忍心去殺一個唯一看到自己付出的人呢。有一齣香港電視劇，劇名和劇情細節我都忘了，但還記得那齣劇給我的震動：一位出生入死的英雄，多年來一直為剷除一個最大惡極的壞蛋而奔走，因而冷落自己的嬌妻和年幼的兒子，妻兒離他遠去，當他知道妻子改嫁的人正是自己要剷除的壞蛋時，可以想像對他的打擊，妻子真摯地對他說：「對我來說，我只是要一個知我、疼我的丈夫，這人是英雄是狗熊都不重要！」

　　人性，並不是黑和白之分，還富有其他的色彩。《色戒》的結局也體現了人本性的差異，女人重感性，男人重理性！女人為了情感可以無畏死，男人為了事業可以放棄一切！

李敖狹隘了

　　日前，聽了灣區著名女作家喻麗青的一場演講，很有啟發。喻女士學醫出身，卻寫得一手好文章，是文壇出名的才女，至今已出版了五十多本書。聽喻女士介紹，當她還是醫學院一年級的學生時，她的文章在臺灣的皇冠雜誌得了獎，雜誌社老闆平鑫濤帶她去見了瓊瑤，還專門給她開了個副刊，可誰知沒過了沒有多久，李敖評擊瓊瑤，也把她給捎上了，說她們是躲在象牙塔裡的閨秀派，還沒有正式踏入社會的她，被罵得有點手足無措了，只好停筆反省自己。

　　其實，李敖狹隘了，他不覺得閨秀文學有用，但並不可以全權代表他人。豐富短暫的人生，書籍占了頭功，而且在不同的生命階段，是需要不同類型的書籍去填充。

　　小時候，和其他孩子一樣，喜歡讀童話故事，最喜歡看的是《木偶奇遇記》，因為我從小患有腳疾，吃了很多苦頭，從皮諾曹的經歷裡我卻得到希望，說不定那天早上一醒來，我會變得和夥伴們一樣健康。

　　文革的時候，正值我處於求知欲最旺盛的時期，可是學校關門，家中所有的書籍都上繳了，至今非常感激父親，他冒著被批鬥的危險，踩著自行車，橫貫整個上海，在自己復旦老同學家，一次一次偷偷借來了大部分的世界名著，我才不至於沉落在紅色海洋裡失去了自我。

　　有一段時間，我也成了瓊瑤小說的忠實讀者。那是在香港，說來慚愧，那時的我，早已不再是情竇初開的黃花閨女，而是孩子都上學了的三十多歲的婦人了。還記得常常在下午，等孩子放

了學，先去了家附近的沙田圖書館，借上一大疊瓊瑤的書，然後把孩子帶去幾步之遙的沙田公園，孩子玩得開心，我也忘了時間的流逝，任讓這些浪漫的情情愛愛故事，填補著我簡單空白的感情地段。

在香港奮鬥了十年後，急速的生活節奏和無形壓力，人感到迷惘，雖然事業不差、生活小康．幸好讀到了很多有關人生哲理的散文，許多個人奮鬥的自傳，好像找到了知音，感到無比充實。

移民到灣區後，美國生活對比香港要失色許多，我發現，自己開始對驚心動魄的犯罪小說有興趣了，因為生活太枯燥了，在一個太單調的生活圈子裡待得太久了，需要一點刺激，而且，犯罪心理是人類還不能控制的領域，不可能去親身體驗，卻絕對有興趣去瞭解犯罪的心理過程。

書籍為何能成為人類好朋友，因為它能填補生命心理的需求。

三、生活

活著而又沒有目標是可怕的

——契可夫

攀石聽泉是豐富生活的添加劑，哪怕柱著拐杖。

人生需要牽掛

　　最近聽到了這麼個美麗的故事。一位腿腳不靈便的老人，每天都要去老人院，從不遲到，也不會缺席，因為他的老伴住在那裡，每天都等著他去餵飯。令人感動的是，他老伴並不知道餵飯的人是誰，因為她得了晚期老年智障症，已經認不出親人了。好多人都覺得老人傻，幹嘛那麼認真，她根本不會懂他的癡情。每每人家這般說，老人總是認真地回答：「她認不認得出我並不重要，重要的是我知道她是誰！她是我的牽掛，因為有了這份牽掛，是我生活的動力，使我每天充滿了力量，看到她在我的照料下，吃得非常開心，這份滿足才是我所需求的。」

　　是的，人生需要一份牽掛。什麼是牽掛呢？其實是人對身邊事物的操心和對生活的期望。有了這份牽掛，我們的行動才有了動力，我們的生活才會有目標。這份牽掛不一定會得到回報，牽掛的實質卻是付出，也可以是一種思念。操心父母的身體、擔心孩子的學業、想念久別的朋友，牽掛使你不會覺得孤獨。

　　沒有牽掛的生活失去了生活的意義，沒有牽掛的人生也不會有色彩，從今天起，讓我們彼此牽掛。

生日的幸福

　　三月二十九日是我的生日。在我的腦海裡也只有那麼幾幅畫面是和生日有關的。確切地說，第一個留下美好印象的畫面是從童年的照片上得到的：那個頭髮曲曲，臉蛋圓圓，眼睛大大正微笑的小姑娘，據說就是我，前面放著的那小小的蛋糕是微笑的原因，那時吃蛋糕還不是一件非常普通的事。我的美食記憶裡找不到有關這個蛋糕的紀錄。我絕對相信幸福是和需求成正比的，因為直到現在，在腦海裡的無比幸福，有關生日的畫面只有三幅，現在想起來，都是和需求有關。

　　第一幅誘人的畫面，是一塊完整帶骨的紅燒大排骨清湯麵。少年時代的盼望著過生日，是能吃到排骨麵。文革期間，什麼東西都憑票供應，肉類當然首當其衝，所以很長時間我們都是靠吃肉絲、肉丁才能填一下全家人的牙縫，連吃肉片都覺奢侈，怎麼有可能獨吞一大塊排骨呢？所以大排骨麵成了生日的特殊待遇。等到環境改善後，兒子也有了，我就再沒有自己過生日的感覺，因為兒子和我同月同日生。他不但是獨生子，還第三代單傳呢，每逢過生日當然他是主角。

　　第二幅美好的生日畫面是在醫院裡產生的，那已經是人到中年後了。和每一位中國女人一樣，忙工作、忙家庭、忙孩子，我還要加一樣，忙讀書，營營役役的操勞，加重了腳患，拖到疼得走不了路了，終於住院接受手術治療。手術後我被送入了康復醫院。香港的大浦醫院，這家醫院在我心裡是第二個家，先後住過幾次，人生的低潮差不多都在那兒渡過的。那次恰逢生日，醫生、護士們早就從我的病歷上知道了確切的日子，就和幾位病友

一齊說幫我慶祝生日。具體的細節我都記不起來了，但是清晰的印在腦海裡，是護工華哥送我的一束鮮花。我很喜歡花，記得經濟不寬裕的時候，我甚至省下早飯錢去買花，小小的一束，插在花瓶裡，可以欣賞幾天。華哥可能至今都不知道，他是我生命中第一位送花給我的男士！

　　第三幅激動的畫面發生在上海。當我走出圍城，結束了經營了十八年的家，兒子也遠赴重洋留學了。我帶著腳傷到了上海接受一份新工作——廣告設計公司的經理。休假日和晚上，我最愛去的地方是衡山路上的紅蕃酒吧餐廳，衡山路是一條酒吧街，我只偏愛這一家，朋友小聚，和客戶談生意，都會在那，因為那兒的歌手會唱「和往事乾杯」這首歌！因為去的次數太多了，歌手和餐廳的經理都認了我做姊姊。每次去他們都會抽空陪我聊聊天、喝喝酒，還有我們公司的年輕人。那年生日，當然也是在紅蕃渡過，人很多，記得接近尾聲的時候，突然餐廳的大螢幕打出了：「聶姐永遠十八歲！」直到今天想起那一幕，我依然感動。

　　今年的生日，我已經想好怎麼過了，計畫了很久，也觀察了許多地方：我要狠狠地吃一塊起司蛋糕，為了保持體重，很久沒沾甜食了，不過生日，再加上需要，就讓自己幸福一回吧！

生日願望

生日許願，是我們在生日常做的一件事，但也有的朋友說，她成年以後就把許願改成祝福了。不過我覺得人還是要有願望的，這是生活的動力。對人生有所期許，也是為生活設下目標，給自己一個奔頭。前幾年有個朋友接了出版社編一本《誰怕中年》的書的任務，我朋友才三十出頭，體會不了人為什麼要懼怕中年，人到中年需要做些什麼，所以來問我。人到中年，上有老，下有小，體力也不如以前了，所剩的日子也不富餘了，所以，中年所要做的事就是兩個字：補救。做一些你想做以前沒條件做的事趕緊做；或是以前聯想都不會想的事馬上做。為了此次的生日願望，我也做了一些調研，看了一些書查了一些資料，什麼人生必須做的五十件事等等，想看看有多少我還沒做的，一看嚇一跳，剩下的不但不少，而且多到無從下手去做。生日那天，我一個人來到了公園，靜坐了半會，等到涼涼的春風把我的手腳吹得冰涼的時候，我的頭腦也清醒了，終於理出了頭緒而且還作了規劃。

其實我想做的只有三件事：一、拍一張沉思的照片；二、把自己的畫掛到某家的畫廊裡；三、寫一本有關白人移民故事的小說。

事情是這樣的，我小時候在上海住的時候，有一位弄堂裡的阿姨向我們這些還沒見過市面的小姑娘們展示她的影集，其中有一張照片我至今記很清楚，她坐在公園的長凳上沉思著，背後是枯枝殘樹，一個蕭瑟的冬日。她那沉思的樣子要比那著名的同名雕塑美的多了，至少柔軟得多。但從此再也沒見過類似的照片。

至於我的畫，最近又被某位朋友重提，說如果不掛在畫廊裡出售可惜了一點，我有點受寵若驚，但也必須承認，也曾經有過這樣的野心，屬於想做沒敢做的事。我自認為沒有什麼創意，所以對寫長篇小說有些猶豫，不過我還是想寫個故事，因為有事實根據，告訴我們的同胞，以前認為我們的外表是我們難以溶入美國主流社會的一個很大的原因，是錯的。至於規劃，當然有輕重緩急之分。例如計畫在一年完成沉思的照片，不想因為臉上皺紋，而花去太多的後期製作時間，在美國，人工貴。雖然我有野心，但也懂得要想成功必須腳踏實地，所以把出售畫的願望設在三至五年內完成，之前我會去出名的美術學院進修，把畫畫的技巧再磨練磨練。寫書嘛，八年十年慢慢琢磨。有人說，生日願望說出來就不靈了，那也無所謂，至少我努力地去想過，去實踐過，真的我實現不了，可沒說不讓別人替我實現唷，現在知道了為什麼預先聲張吧，煞費苦心！

當作家不難（一）

「當作家不難」，每逢說這句話的時候，有人總是以狐疑的眼光望著我說：「你不會是指坐在家裡的那個『坐家』吧？」那當然不是我所指的了，不過也不可否認，先要坐在家裡心靜下來才可以寫出好作品，現代人終日為生活忙碌，好多對人生的看法或經歷都無時間去細細體會，如果有時候我們能坐下來，什麼都不做，這一片刻的停頓，可以給你帶來意想不到的驚喜，因為如果當你用心思考了平時的所見所聞所遇，那你一定會有感想發表。

所以當作家的第一步是「坐家」。

我最初寫作的時候動機很簡單，因為這是一個最省錢最簡單的業餘活動。可以想像，寫作，無非只要一張紙和一支筆而已，而且坐在哪裡都能寫，書房的桌子上，花園的石凳，甚至廚房的準備台，或者當你思緒泉湧的時候，拿塊板子往自己的膝蓋上一擱，揮筆刷刷也是一樂事，因為靈感來得快，去得也急，要不是馬上記下來，最低限度也要把重點記住，可能一會腦子裡就空空如也了。如今有了電腦，更加速了寫作得速度，尤其是在修改文章方面，用電腦雖說比用執筆費用大增，不過也是一次性的投資，寫作仍然是一項不用靠人的愛好，打麻將有時還三缺一呢。會寫，不能算作家只能算作寫家，但是如果你從不去寫的話，根本就不會有機會當作家。

所以當「作家」的第二步，先必須成為「寫家」。

幾年前我在華盛頓一個讀書會上，臨時被拉上去演講。好多文學愛好者都向我抱怨，描寫現代生活尤其是中國移民在美國生

活的作品太少了。當時我就問「為什麼你們自己不寫呢？寫作並不是一件難事。」有人說，想寫，不知道從何入手？寫什麼？也沒有時間。

剛開始寫作的人，最要緊是從自己所熟悉的人和事及環境入手，確確實實的寫你自己想寫的東西，要寫有所言，言有所物。有人說自己的生活平淡，沒有故事，確實生活天天如此。但想想，每個人都有開心興奮的時候，也有憤怒抱怨的時候，每個人的心裡都隱藏著自己夢想和理念，這些都是你寫作的題材了。把你的經歷，想法和感受組合在一起，你的作品就出來了。我的一個文友，她是電腦工程師，最近在把自己在健康講座上得益甚多的資訊，加上自己事後的實際體驗用中英文寫了出來，並配上圖片，在朋友們中間傳閱，深受大家的歡迎。還有的朋友喜歡烹調，就把自己對烹調的認識和體驗寫出來。小孩子可以寫自己的童真世界，企業家可以寫成功的甜酸苦辣，老人家把自己的故事寫成回憶錄，既便是流水帳，也是留給後代最好的禮物。還有報紙副刊命題的徵文，更會開啟你的思路。

當作家不難（二）

如何讓自己的作品打動人心，要緊的是作者能把自己對生活的觀察，感悟提升總結，用自己特有的文字方法表達出來。不要擔心別人是否會認同你的看法，每個人的世界觀都不同，所以對世界的認識也會不同，所以只要你的文章言之有物，既便是文字樸實，也會感動讀者。不用擔心自己有無文學的底子，好多人的文學素養往往在寫作的過程中發揮了出來，所以寫作也是對自己文化修養的一種測試，得出的結果有時更令人讚歎，因為並不遜色於科班出身的大作家。

我的一位文友彭順台，她是一位研究動力氣象的科學家，最近出版了她的處女作，描寫大都會女性情欲的短篇小說集《咖啡和香水》。故事浪漫，文筆優美，情節出人意表，其中在「咖啡和香水」這篇故事的題頭，她這樣寫著：「世界上最幸福的事——在女人的香水中睡去，在咖啡的香味中醒來。」我為這句話感動了很久，這句話是對男性本質的最好描寫，我先生就常常在日常生活中，或閒談中提及類似的想法，但我從無感悟，可彭順台不僅有感觸，並且把自己的感觸組織成富有想像力的句子，並用一個美麗的故事去演繹。讀完她小說集後的第一個想法，是去多謝她敢於嘗試和堅持寫作，如果不是，這個世界不是少了一個才華橫溢的女作家了嗎？

從寫家到作家，其中的差別就在於是否出版過自己的書籍。這中間頗有一個過程，各人經歷的長短不一。我是比較幸運的一個，都是先和出版社定了合同再寫書的。現在出版市場上，似乎傳統的文學作品的受到了挑戰，市場的需要往往左右出版社的動

向，不過只要你的文筆和題材都得到他們的認同，又符合市場的走向，他們還是樂於為你投資的。當然你也可以自己投資，香港的一些出版社都有為培養新人而製訂的一些優惠政策，在中國可以用錢買書號（有了書號就才能在中國的全國新華書店銷售書），當然還可以和出版社達成某種協定，減輕他們的風險，這樣可以加速出版的速度。不過，寫作最重要的目的是和人們分享你的思想，現今社會的互聯網就可以幫你達到這個目的。如果想靠寫作來賺錢，那就要看你能否把握的住市場的脈搏了。

　　我常常讚美一些寫作愛好者，他們孜孜不倦地寫，從不放棄自己的理想；我認識的一位年輕的女髮型師，白天就兢業業的工作，業餘時間一直沉浸在自己的文學世界裡，在出版的路上曾經受到過挫折，但多年來從沒停止過努力，她在網上發表了大量的文字，最近更告訴我，她的第一部長篇小說就要出版了，我真為她高興，也證明了當作家並不太難，祝大家成功！

母親的愛

　　閱報，一位香港的專欄作家對剛過世的名人有一些說法：覺得名人希望自己離開人世間以後，世界每一個人也會喜歡自己的女兒的願望「有點出奇」。因為這位名人「在治療期間很吃苦，但是她一沒祝願身體健康，二沒有冀盼富貴長壽，三亦不再求人間得情愛」。

　　作者認為愛不能硬來，強姦不會有幸福、強制的愛亦不能持久。作者接著對名人的期望作出了評論「愛得太深，很容易產生錯誤預期……要求別人愛自己也算了，為什麼要兼愛其女兒呢，原來名人的寶貝女兒想擠身演藝界、想作明星，吃這一行飯，人氣最重要，作為母親，惟有希望女兒受每一個人歡迎。可以嗎？其實早幾年前，觀眾已經清楚的表態：「不」，最後作者總結出了自己的觀點：明星風光的日子已過去，何必千方百計鑽入娛樂圈？然後又千方百計的求觀眾喜歡？倒不如念好書，做個專業人士，確保謀生技能更實際，沒有必要人人喜歡我。

　　對於這位作者的說法，倒也有些自己的看法：第一，母親把子女看得比自己更重要，因為母親為了孩子是連性命都可以捨棄的，這位名人當年就是冒著生命危險把女兒生下來的。第二，母親想要自己的孩子被人喜歡更是正常。我不是名人，也不想，更沒有能力把自己的孩子送進娛樂圈（孩子也沒有這樣的要求），我一樣奢望別人可以喜歡我的孩子，最好是每一個人都能喜歡他！第三，鼓勵孩子朝著自己的人生目標走，說明孩子達到自己的目標，也應該是做父母的責任，哪怕是這條路鋪滿了荊棘。第四，進娛樂圈的人未必都是為了成名，好多在演藝圈工作了一輩

子的甘草演員，幕後工作者，他們默默無名，但是他們仍然很快活的工作著，因為這也是一種工作，也沒有見到他們生活潦倒，他們更受到了觀眾的尊敬。第五，觀眾說「不」的，未必都是差的，很多收視不好的電影，都得到了專業上的肯定。還有，觀眾今天說不，明天可能就會說好。無線影帝鄭嘉穎當年也是被香港的觀眾說不，跑到臺灣，過了一段非常低潮的日子，多虧了媽媽鼎力相助，他在獲獎的時候滿含眼淚的說：「媽媽，我沒有令你失望！」母愛是偉大的。最後，我想對這位作者說：「你可以不尊重名人，你可以不尊重死者，但是你必須尊重母親，尊重天底下所有的母親！」

一生兒女奴

　　讀者文友打來電話，邀請我參加她們的聚會，不幸在去的途中車發生問題需要送檢查兩個小時，沮喪的我只能挾著書來到車行附近的麥當勞打發時間。光顧著埋頭看書，忽然被隔壁桌子傳來的廣東話聲音吸引了，回頭一看，原來是一對上了年紀的中國夫婦帶著一對小朋友在享用麥當勞的玩具套餐，從他們的對話中，可以知道是祖孫兩代人，真是一幅美好的家庭樂畫面。我不禁向他們投去微笑，老夫婦倆也對我還以會心的笑容。我繼續看書，不知過了多久，等我再回頭的時候，原來不知什麼時候，隔壁桌子已經換了人，但人數沒變，一打聽，原來也是祖父母帶著孫子和孫女來用餐，孩子正在收集系列玩具，這時，我才發現今天的麥當勞差不多都坐滿了孩子和老人們，我好奇的向隔壁桌子的那位太太問道：「今天是什麼日子，為什麼孩子們都可以不上學？」太太說：「放春假了。」

　　怪不得，麥當勞裡充滿了孩子們的歡聲笑語。趁著先生去買食物，她就和我聊了起來。他們很久之前已經從香港退休，來到了美國，以為很快會過一些退休後的二人世界生活，那時她才五十歲。等孩子們大學畢業，又了成家，他們還是忙忙碌碌為兒女，因為第三代誕生了。兩個孩子先後出生，於是帶了大的又要忙小的了，過了最忙碌的嬰幼兒期，並不見得會輕鬆，上下學接送的困身，烹製三餐是一種長期挑戰。你不知道他們有多「巴閉」（廣東話了不起的意思），一放假我們更要圍著他們轉。她笑著調侃地說著，但我聽她話中的幸福感。她問起我的情況，我回答目前還沒有這方面的憂慮，因為沒有第三代。但我又承認，

如果小BB好玩的話，那帶帶玩玩也不是不可能，她笑著說：「哈，那你就會帶上手，脫不了身了！」她說的是實話，我知道有很多的親戚朋友，退休後的生活要比不上班的時候還忙，因為就是忙著帶孫輩，熱衷的人會稱之為「弄孫樂」，其實又是一個操心的週期的開始，而且看不到結束日子。不過如果這樣想，退休後的生活也不可能都是在旅遊的途中，朋友的談天說笑中度過，如果沒有這些孫兒的陪伴，日子也難免會單調。

　　況且帶第三代就是管他們吃好、穿暖、玩得開心，通常是一份很討好人的工作，孩子開心叫一聲，贊一句，比得到金元寶還高興。那位太太每天還要煮六個人的飯菜，但當她敘述的時候多麼繁忙的時候，按不住喜悅的外溢：「孩子們說奶奶燒的菜是世界上最好吃得東西。」兩個孩子在旁邊拚命點頭。人生的快樂就是如此的不起眼，如此的平凡。當我們看到自己的生命由著一代又一代在延續的時候，完全可以感受到平凡中的偉大。

不開車的日子（上）

和在華爾街工作的老同學思進在網路聊天，談到西方最時尚的「綠色」觀念。他說：這兩年，所謂Yawn（Yawn是英文單詞「Young年輕」、「Wealthy富有」和「Normal生活簡約」的縮寫）一族正在迅速壯大，他們關注社會發展，關注環境問題，他們更願意把錢投入慈善，而不是用於消費，他們甚至不開車。

我也不開車了，當然不是因為我富有，我也不年輕，我不開車的原因主要是不想做汽車的奴隸。例行去換機油，那個越南老先生很和善地告訴我，我的車性能很好，只有後輪胎有一個小問題。馬上開去最近的Sears，等了很久，有人來到我的車前先作一個檢查，奇怪的是，他只是很馬虎地看了一下我指定要他看的那個後胎，卻對我兩個前胎非常仔細的觀察起來，然後向我宣布，兩個前胎必需要換，因為胎紋磨損了，違犯了加州法律，然後給了我一張報價單，好傢伙，兩個前胎換一換要七百多，補個後胎十九元。又等了好一會，一位技工出來說，這個胎補不了，因為位置不好，最好也換了！我雖然是對車一點常識都沒有，但我畢竟和懂車的美國人一起生活過。我馬上把車開走，最後在那位越南人的建議下，去了另一家車鋪，半個小時不到就補好了胎，也不過是十五元。

經歷了這件事後，我開始認真地考慮起是否一定要開車，有這個念頭是從我偶然遇到上海來的老鄉的開始，她被公司派到矽谷工作一年，她不會開車也不用開車，生活也沒覺得不方便。以前有老公顧著車，我是連加油都不用管的，現在他一時半會回不了加州，我真是受洋罪了，只要車有什麼響聲，我就緊張，再說

油價日漲夜漲的，不開車了，我大膽地下了決定。促成我下了不開車決定的還因為一位時事評論員的話，他說：「油價高漲，光抱怨石油公司，或是等待政府的措施，都是消極的行為，我們唯一可作的就是改變自己的生活習慣。」

不開車的日子（下）

　　有了不開車的決定之後，還必須實地考察一下可行性。我是住在矽谷的中心，離地標中信廣場只有兩條街，那裡有很大中國超市，及許多餐廳、咖啡館、書店、中藥店、診所等等，平日所需要的日常用品以及和朋友小聚都在那兒可以解決，只要我稍稍改變一下自己的散步習慣，不再圍社區轉圈子，而是趁著散步走去超市，買一些當天的食物和必需品，而不是開車時一買就是幾大袋。如果要買一些沉沉的物體，如肥皂液、礦泉水和米等，我會帶一個可以拖的行李小箱去購物，就是出門時可以帶上飛機的那種。這樣一看，居家的日子沒有車沒問題。下一步就要看看是否方便地走出社區。

　　最靠近家的那條街，有巴士經過，從家裡走到巴士站，只要五、六分鐘，每三十分鐘一班車，好在美國巴士都有時刻表，所以可以看準時間出去，就不會等太多時間。那天我買了一張全日通（Day Pass）開始了實地勘察。全日通成人票價五元美金（單程票價是一元七毛五），但年長者和殘疾人的票均為二元美金。矽谷所在的南灣的交通工具簡稱為VTA包括巴士和輕鐵，全日通票子和月票均涵蓋了所有交通工具。我乘車從這一頭到那一頭，發現是令人驚喜的，在我住所的前後有兩條最主要交通樞紐Stevens Creek和El Camino Real，貫通南北，購物中心、銀行都在兩條街上。分別在行駛在這兩條大街上的二三和二二號車，每十五分鐘一班，而且可以連接四通八達的輕鐵，再轉火車或地鐵，上機場和去三藩市都沒有問題。而對我來說另外兩件要緊事，去健身房和圖書館，也可以解決。這次實地勘察給我帶來了信心，第

二天一早，我又買了一張全日通車票，看看去公司需要多少時間和交通繁忙時間的狀況，我以為，坐巴士的都是老人和上學的孩子或和我一樣對開車有恐懼感的女性，其實不然，許多高科技公司的男士也提著電腦包包，成了巴士的乘客，其中以印度人居多。有的就居住在巴士和輕鐵的沿線，有的和我一樣，要轉輕鐵再去坐火車。

　　當然坐公共交通工具所需要的時間肯定比正常的駕車時間要長，主要是等待專車的時候，所以我總是隨身挾帶一本書還有音樂伴隨，加州下雨的日子很少，車站都有長凳小亭，歇歇看看聽聽，再繼續上路，也不覺得怎麼不方便。於是，我申請了專供殘疾人的優惠卡，憑這張卡買VTA的月票，只要二十元美金，就是乘坐其他的交通工具，都有減少一半以上的優惠。這樣，我正式開始了不開車的生涯！

　　已經不開車兩個多月了，非常適應。經常要去的地方已經非常熟悉，如去一個新地方也難不倒我，因為一上網，把兩邊的位址和時間輸入，馬上會有很詳細的路線說明。有了這段經驗之後，以後開車也不會有壓力了，因為我知道，沒有車，或是到老了不能開車的時候，一樣可以過日子，而且非常適合現在流行的慢活運動。

上海的發展

　　和在上海定居的媽媽通電話，說起她已有買汽車請司機的打算，才真正感到上海的巨變。上海的變化全世界震驚的，但以前我總覺得，除了於時代並進所需要的基本設施外，上海其實只不過是慢慢拾回了昔日丟掉的輝煌。

　　聽媽媽說，她的好些朋友都買了汽車，為了舒緩叫車難的困境，主要是用來交際應酬之用，如出去跳舞、打麻將，和朋友吃飯什麼的。買一輛車大約八萬人民幣，請個司機，月薪在一千二百元至一千八百元，每天十個小時工作。

　　從我記事的時候起，就知道上海的普通人一輩子只有三次坐車的機會。一次是結婚的時候，另一次是生完孩子從醫院回家，再有一次就是死了之後睡殯儀車了。

　　在改革開放後計程車的大量湧現方便了民眾的生活，那時可真的方便，隨時隨意在路邊叫車，隨著經濟的發展，坐計程車的人越來越多，連許多大公司都會給員工發放交通儲蓄卡，鼓勵員工坐計程車，有次回滬探親，堂姐告訴我說：每天早上她和女兒一齊出門，她坐上小棉羊兩用車，還要發動一會，女兒卻手一揮上了計程車，一溜煙的走了。好像從那時候開始，計程車不是隨叫隨有了，需求大了嘛。

　　隨著經濟的好轉，各單位多數自備車子，我認識的出版社的社長們連上下班都有專車司機接送，而許多年輕的白領都開始流行買車了。買車熱又導致了學車熱，一個教車師傅往往會同時教四個學生，就是說四個學開車的人隨教車師傅出去練車，一個人學開車的時候，其他人都得在車上坐著，陪著，等著輪到自己可

以開車的時候。

可是也不知為什麼，越多的人買車並沒有解決叫車難的問題。叫車難，我是深有體會的。曾在上海工作兩、三年，有一年中秋節，公司放假，我從公司辦公樓所在的淮海東路西藏路叫計程車，一個多小時都沒有看到空車，所以一路走一邊招手，一直走到淮海中路都沒有車，平時二十分鐘的路程，足足折騰了兩個多小時才趕到親戚家中吃上了晚飯。後來的叫車難的情況越來越嚴重，尤其是在公休日，天氣突變和晚上，因為生意不憂做，有時候既便有空車，出租司機都不願意去某些熱鬧的商業地段，怕交通堵塞而影響了自己的賺錢速度。

上海的公共交通工具還是發達的，但是人的文明程度還不夠，不要說禮讓，連起碼的先到先得的規矩都不肯遵守，所以老年人搭乘公共交通工具有一定的困難。所以說，在條件許可的情況下，買車請司機是出門應酬的好辦法。從坐車是一種極端奢侈到可以隨意請司機來開自己的車，這在香港和美國都是非常有錢的人才能考慮的事，不能不感歎上海真的今非昔比了。

車輪滾滾

我媽真的買了一輛全新的日本車,一、二萬元人民幣左右,她的運氣好,請到了一位有多年駕車經驗,工作認真、態度熱誠的司機,每月工資一千八百元人民幣。司機也認為自己的運氣好,因為他前雇主的工作時間很長,工作量也多,每天一早必須從上海的北面趕到西面,送了男主人上班,還要送小孩上課,當然免不了女主人的社交活動及家中褓姆的採購,最後還要把大小主人安全送回家,一天的工作才告段落。

而我媽這兒,老兩口子每天最多出門一次,幾小時而已,也不是在交通繁忙的時候,所以他認為,這活太輕鬆了。司機的太太是在美容店工作,工作時間長,家裡的孩子就靠老公了,我媽是個好心腸的老太太,雖說僱傭條約寫明工作時間是十小時,但我媽總是叫司機依著出車需要的時間上班,從不讓他空等,所以司機從沒做足過十個小時,多餘的時間可以多照顧著家裡和孩子。我媽有時候也頭疼,想不出今天去哪裡玩?還有為了硬出車而破費,好像不是滋味。我就安慰她,為了促進本身運動和為經濟建設出力,這錢花的值!

也奇怪,以前每當和國內的親戚朋友說起探親計畫,對方總是這樣地反應:「什麼時候來,我請客吃飯!」現在不同了,我和在廣州工作的小姐妹說起可能去看她,她馬上就說:「姐,用車找我,全新的奧迪!」北京的堂哥聽說我有可能入京,立刻搭嘴:「除了北京,還想上哪走走,用我的車,我當你的司機,天津、上海,隨便開。」好傢伙,從北京開車去天津,完全有可能,但去上海,我不敢想像。

　　開頭還以為，廣州的小姐妹身居廣告公司要職，堂哥高級職稱，退休後任多家公司的顧問，所以這倆人有車是因為荷包腫脹的緣故，但是後來，在長沙任職中學教師的表哥，也發出了「有車伺候」的邀請，真的讓我吃了一驚，才認真思索起這「車輪滾動全中華」的現象，中國人真的富起來了，雖然可能只是一小部分，但這也是可喜的現象，就在兩、三年前吧，只是在美國和日本的親戚會發出這樣的邀請。

　　滿心喜悅地報告老公，回國不必擔心交通，有車可以使用。老公慌忙搖手，連說使不得，第一，沒有理由連車帶人一起徵用的，不近情理；第二，就是人家把車借給你，你也不敢開。確實，大陸的交通，如果不是兩、三年功夫的訓練，你會開車也上不了路，我親眼看見有的車可以在高速公路上倒退！想到這，我趕快拿起電話：「媽，你那個司機可不可以預約？」

一等女人——陳香梅

　　在一個春暖花開的日子，在華盛頓陳納德樓，我訪問了這位第一位為白宮工作的華裔女性。一位普通的中文系畢業生，到出任從甘迺迪總統開始的八位總統的中國政策的資深顧問，以下是用第一人稱紀錄了她「心懷天地，自身高遠」的一生感受。

　　我今年七十七歲了，仍然每天都要從居住的水門大廈到辦公室來上班，有時還是煮好了咖啡等秘書一起喝。公務繁忙，經常還要出差，但我仍要堅持每星期看一本書，尤其是暢銷的書，我都會看。我買下了這座大樓做辦公室，為了紀念丈夫，就以他的名字命名了這幢樓。到這兒來拜訪我的人絡繹不絕，有海峽兩岸的，也有世界各地的。我總是能夠幫忙的儘量幫忙，如果是雪中送炭的話，但我不喜歡做錦上添花的事。做為一個女人，我一路走到今天，是靠了自己的不斷努力和堅強毅力。一個女人，必須獨立、堅強、充滿智慧。我是中央社第一個女記者，當時在雲南，那地方很守舊，我出去採訪，大家都以為我是某某的女兒，而不把我當成一個獨立的女記者。可我看重自己的獨立，尤其是經濟上的獨立。

　　陳納德將軍的早逝；使我初嘗世態炎涼，一般人以為他留下了很多錢，事實上一個銅板都沒有。在臺灣的由他創立的航空公司在他身故後不久，就把我原來放在他對面的寫字桌搬去了另一個地方。於是我帶著女兒離開了那兒去美國，當時我父母在加州，妹妹在德州，我卻來到了華盛頓。我覺得來到美國，就要進入美國的主流社會才能有所作為！一個女人闖天下，真的要比男人高明十倍，並且工作要比別人更辛苦，不是坐在椅子上，等著

人家把成就奉獻給你。

六十年代初，甘迺迪總統委任我做難民救濟署的工作。那時我在社會上已有了一些影響力。美國的民主黨和共和黨都找我，要我加入他們的黨。我的回答很簡單，你們哪個能幫我解決車位，我就加入哪個黨。當時我在一個研究單位做主管，可上班連一個固定的車位都沒有。我的副手都有自己的車位，而我只能每兩個小時到停車處去加錢，非常麻煩。我認為，無論是什麼年齡的女人，首先要做一份有興趣的工作，例如我喜歡寫作、喜歡公關，直到現在我仍在寫作，仍在廣交朋友、參與國際事務，這樣才會持久、快樂地工作。

我所認同的現代女性，並不是指那些常常見報的女性。不可否認，現代女性有很多是新聞人物，可我更佩服那些現代女性當中的「無名英雄」。她們默默無聞地盡自己的本分在做事，並且保持著自己的獨立性，在書寫一個女人、一個人的完整。我覺得，一個標準的現代女性；還是該從「賢妻良母」做起，腳踏實地地增加自己的見識、學問、品行和修養，給子女做一個好榜樣。做一個「賢妻良母」不是落伍，一個不負責任的女人才是落伍！

一般而言，女人的愛心是值得發揚光大的，我說的「愛」，不止是男女之私，而是指老吾老以及人之老，幼吾幼以及人之幼的愛。如果能把這種愛發揚光大，關懷這社會上需要愛和說明的人們，去做更多有益人類的事，這才算是現代女性，才有資格被稱為「新女性」。

一個女人，年輕加上漂亮，確實是本錢，這是我們不能否認的。但是，只有年輕漂亮而沒有智慧和高教育水準也是不行的。智慧可以說是女人最大的本錢，因為智慧可以使你獲得比較永恆

的內在，而漂亮的外在美是很快會隨著時間消失的。記得我的先生陳納德將軍對我說過兩句話，我至今記憶猶新。我嫁給他的時候還很年輕，只有二十三歲，他比我年長三十歲，人生經驗比我豐富得多。他說，一個人的取捨是無法十全十美的。男人年輕時拚命工作、賺錢，但等事業成功時，大都年紀大了，胃病、高血壓、心臟病等都來了，連吃牛排都要考慮是否脂肪太多！而年輕時沒有錢，只吃得起漢堡包。女人呢，年輕時身材苗條，可以穿漂亮衣服，但未必有錢呀！等到有錢置漂亮衣服時，說不定身材已發胖了！這表示上帝也是公平的，一個人不可能什麼都有呀！

　　所以我想說，一個女人不可能永遠擁有青春美麗，應該在青春年少的時候積累智慧，這樣你的人生才能平衡。不要學做第二等男人，要好好地做第一等女人，以此標準來要求自己，才是標準的現代新女性。

熱愛生活

　　熱愛生活，是人們常常愛說的一句話，但是否真正懂得這句話的涵義，見人見智了；有的人把業餘消遣當作為熱愛生活，其實這不過是在打發生活；也有人把追求高檔的奢侈品說是對生活的熱愛，充其量也不過是點綴生活而已。

　　那怎樣才算是真正熱愛生活呢？多年前讀上海著名女作家陳丹燕寫的《上海的金枝玉葉》，使我對如何熱愛生活有了進一步的體會。雖然事隔多年我已記不清書中的故事，也忘了女主人公的名字，但她對生活素質契而不舍的精神，令我深深難忘。她是大家閨秀，從小生活優裕，被人稱為金枝玉葉，文革的浩劫，她被掃地出門，從花園亭閣的大公館，搬進了直不起身的小門房間，她依然沒有改變以前的生活習慣，每次出門，臉上仍薄施粉彩，並不在意周圍歧視冷淡甚至是詫異的目光；沒有了烤爐和錫盤，她用煤球爐子和鋼精飯盒照樣為自己烤出美味的法國蛋糕。從她身上我學到了：「人，可以在沒有物質的生活中生活，但卻不可以缺少追求享受物質生活的精神。」

　　記得在文革的時候，不但生活物資稀少，精神生活也非常的缺乏，根本沒有什麼娛樂消遣，爸爸就決定讓我們養熱帶魚來豐富我們的業餘生活；他把家中空的餅乾鐵罐，用利剪剪成一條條的細長條子，作成魚缸的框架，然後用白水泥把玻璃牢牢的黏在框架上，水泥乾了後，一個漂亮精緻魚缸就大工告成了。看著美麗的孔雀魚等熱帶魚自由自在地遊弋，我們忘卻了生活的單調苦悶。成年之後，我移居香港和美國，經歷的生活截然不同，但養魚的習慣卻一直跟著我，我想那是因為當年養魚給我帶來的喜悅

永遠留在記憶中的緣故。

　　一位落後地區的大陸大學生，不堪忍受貧困生活的煎熬，想結束自己的生命。當她來到採石場，想向培養自己成長的母親偷偷告別的時候，看到母親用吃剩的黃瓜頭在自己的臉上來回塗抹，做皮膚保養，她震驚了！父親不幸意外傷殘母親扛起了全家生活的重擔，採石生涯，讓母親過早的在臉上留下了歲月的痕跡，母親非但沒有自暴自棄，還不放過任何可以改善皮膚的機會，希望把自己最好的一面展現出來。那位大學生決心要和自己的母親一樣熱愛生活，不向貧困的境遇低頭。

　　什麼是熱愛生活？我的理解是，人們在逆境中，或是在貧困的生活中，不但不抱怨生活對自己的不公平，仍然滿腔熱情地追求生活的品質，在物資貧乏的情況下，為自己積極創造享受生活的條件，絕不屈服於現實環境給自己造成的困境，這樣的人，才稱得上是真正地熱愛生活。

　　享受生活，是每一個人都擁有的權力，並不是只有生活富裕的人才能擁有的，或才能獲得的。只有熱愛生活，人們才能不會被困難所壓垮，激發出無窮的勇氣和信心，熱愛生活，才能生活得更快樂，而無愧於我們的生命。

與眾不同的生活

　　過普通正常人的生活，不是每個人都可以輕易做到的。例如傷殘人，因為身體上的缺陷，而侷限了他們生活的能力，如要過普通人的生活，是非常吃力的，在這一方面我有深切的體會。我從小患腳疾，做了無數次手術，未出嫁的時候，都是家裡人照顧我，但結婚後，尤其是生了孩子後，生活對我來說確是嚴峻的考驗，在普通人眼裡是輕而易舉的事，例如抱孩子，我卻要付出幾倍的體力和小心。有一次，因為腿力不夠動作慢，在抱著孩子上巴士的時候，只上去了一隻腳，巴士車門就關了，隨即，我和手裡的孩子同時跌倒在車外的地上，差點釀成大禍。還有做家務，洗衣、煮飯、買菜也必須花上比普通人更多的時間和精力。結果我的雙腳由與過度操勞磨損嚴重，以致人到中年又回到醫院做了多次手術。

　　我並沒有後悔所過的普通人生活，也為有個讀大學的兒子而驕傲，不過如果現在要我從頭再來過，我未必會像年輕的時候那樣，刻意去追求結婚生孩子。既然傷殘人已經不同於正常人，那就過一下與眾不同的生活，發揮自己的特長，可能會得到意想不到的結果。星期天和新認識的文友飲茶，說起我的想法，她十分贊同。她原是一個很健康的姑娘，有一個幸福的家庭，不幸的疾病奪去她的健康，令她左半身癱瘓，家也散了。不過她十分的堅強，也十分樂觀，因為找到了自己的生活目標。她已進入中年，但也是一名在校大學生，而且滿懷熱情地投入到文學創作中去。她的生活非常豐富多采，沒有那麼多的家庭牽掛，更能集中精力做自己喜歡做的事。

　　她的故事對很多不幸傷殘的人有啟發，人生的道路有千萬條，要走哪一條，根據每個人的願望、目的和能力而選擇。人生苦短，千萬不要強迫自己照抄別人的生活路線，應該避免自己的不足，擴展自己的長處，發揮優勢，活得與眾不同，一樣可以活得精彩。

中文事業靠洋夫打造

　　寫作對我來說，始於消磨時間，我曾開玩笑的說過，這是一個最省錢最方便的愛好。電腦沒有普及的時候，一支筆和一張紙就可以隨時隨地隨意地去展現自己的世界了。尤其是我，一個患有腳疾的人，再合適不過了。但從為想過可以成為事業，我沒有任何文科的背景和有關的經歷，最大的成果也只不過出了一本書（當時第二本還在印刷中）而已。再說我移民了美國，一個連在母語祖國發展都談何容易的寫作怎可能在它國會有出路。

　　洋老公在閒談中知道了我的興趣是中文寫作，又從我的親戚朋友那兒得知他們喜歡看我寫的文章，他就慫恿我去應徵記者。其實我也打聽過，老移民早就告訴我，記者這行業可是一個蘿蔔一個坑，不是普通人都可以擠進去的。可偏偏我洋夫不信，他說在美國只要有才能有熱情，就一定有機會。我也是喜歡嘗試的人，就說那好吧，只要在報紙上看到有記者的空缺，我會去信應徵。他說不能等，等到機會來了，跟你爭的人也多了，他說聰明的人是給自己創造機會絕不是等待機會。他把我的履歷和出版的書分別送到舊金山四家中文報社，大信封上寫著總編輯親啟。送完之後他胸有成竹地對我說：「如果有空缺，在沒登報招聘之前，他們會先來找你。」

　　沒過多久，四家報社真的都來和我聯繫，（其中兩家報社的總編是同一個人），在去面試的時候，老公再三叮嚀：「第一步是踏進報社，不管什麼樣的職務你都要接受，那怕是讓你去掃地，只要你進去了，就不愁沒有機會表現你的才能。」幾家報社都給了我機會，職位包括記者和編輯，幾經考慮我接受了S報的

副刊記者的工作，因為當時我對修改別人的文章根本沒有信心，記得第一天上班就嚇得我一額汗。我的同事都是新聞系出來的，要不也是相關高學歷的，而且多數人都有碩士學位。洋老公聽了我的擔心，眉頭也沒皺，他說：「你不相信自己，也應該相信幫你出書的那家出版社，生意人無利可圖的事情不會做的，他們出了第一本，現在又出第二本，這就證明瞭你的頭腦和文字都是過關的。」

第二天我更愁了。因為我的第一個任務是撰寫聖誕特刊，三十多頁在二、三個星期之內完成。沒有人給你提示，找不到任何參考，從題目到內容，從採訪聯繫到圖文並茂地完成就我一個人。那時我在舊金山灣區才定居一年，東、南、西、北都搞不清楚，多虧了我老公，給了我許多建議，並上網打才電話查資料，甚至幫我聯繫採訪，我居然也作出了刮目相看的文章，例如「舊金山最大的聖誕晚宴」、「加州冬季奧運場過白色聖誕」等等，有了他這麼一位勞心勞力的助手，我終於完成了任務。

說來也好笑，我當記者的時候，駕駛執照都沒有，好在當時我老公已經公傷在家休養，所以他成了我的司機和嚮導，有時還兼做翻譯。如果我採訪的對象是中國人，他就會默默地在外面等候；如果是美國人，他就會陪伴我。尤其有時會採訪較專業的美國人，回到家後，我有什麼英文不明白的，他就會再解釋一遍給我聽。

半途出家掉入文海的我，壓力非常。這不是自己寫寫隨筆那般簡單，寫的東西全部要見報的。況且自己畢竟也快五十歲的人了，有時候真得很累。老公一直在鼓勵我。他常常在我耳遍吹風，說我這個中國新移民幹得是美國人心目中最看重的工作──記者。他還舉了很多記者受歡迎的例子，例如電影超人的主角

等，還有記者受到尊敬的實例，幫我打氣，每天都要對我說：
「你是我的驕傲！」

從踏進報社當記者，到我接受了一家廣告公司美食雜誌總編
的工作，正好三年。在這三年時間裡，我在出版業四級跳：從記
者──編輯──主編到總編。雖然不是什麼奇跡，但對沒有在正
規學校讀過書的人，沒有中文學歷背景的人來說，在美國卻能如
此幸運地建立了自己的中文事業，而啟動和推動這事業的，居然
是連一個中文字都不認識的美國人，我的洋老公，不能不說這是
件趣事。

父親節的禮物

　　一年一度的父親節，送什麼禮物給父親？有的抽空陪父親吃飯看戲逛街，盡享天倫之樂；有的送上補品好酒音響設備，盡顯孝心一片。因為和父親隔著千山萬水，我在美國他在香港，而且我父親不追求新潮玩意，只相信平時的均衡營養，所以這兩樣事我都做不到。

　　不過今年父親節，我送了一樣特別的禮物給他，不僅對他的胃口，而且非常「實用」，我在美國的文化網站《文心社》上開了他的個人專輯，一個八十歲老人的部落格。

　　父親是一個很注重社交和享受生活的人，更樂於和人們溝通和交心，他對於人生有著自己的獨特的見解。記得小時候，父親常常對我和姐姐談心，有時是分析世俗之事，有時是講解人情瑣事，使我從小知道了凡事要問個為什麼，凡事都是事出有因。長大之後，加上自己的人生經驗，我養成了豁達開朗的脾性。

　　父親喜歡把自己對社會的觀察，對人生的領悟寫成心得寄給自己的親朋好友，樂此不疲。兩年前更在我叔的勸說下苦學拼音輸入和電腦，開始了他的網路生涯。在他的努力「經營」下，他已經發展了五十多個E友，除了經常寫一些自己的近況和時勢的見解，還樂於當一個中轉站，接收和批發別人給他的郵件。《文心社》是一個以海外華人為主的非盈利性中國文學社團，《文心社》的社員大部分是旅居北美、在網路上和平面媒體上進行寫作的中國文學愛好者；除此之外，還包括了歐洲、中國大陸、臺灣和香港等地區的中國文學愛好者，現有世界各地成員近五百人，各地分社近七十個，《文心社》網站設計也非常新穎實用。

　　在文心社長施雨的說明下，父親的光輝形象上了網站，旁邊還配備了他的簡歷和心聲的文字說明，根據他已有的文字資料，我們把父親的專輯歸為妙論、日記和遊記三大類。說實在的，《文心社》裡不乏出名的作家和寫作高手，我對父親的文章登出後有無反應心中沒底，誰知效果好的出乎我的意料，沒多久點擊率就超過了兩千點。父親高興極了，現在他上網除照常發郵件外，還多了一件事，上文心網站看別人給他的留言，或是看其他人的文章，當然少不了往自己的專輯貼新作。

　　時間太多和難以和外界聯絡，是老人們最普遍遇到的問題，小小的部落格給我父親帶來了歡愉。

四、娛樂

在時間的大鐘上，只有兩個字——現在

——莎士比亞

陪90歲父親完成心願，重操幾十年沒碰過的京胡，再次過了票友的癮。

加州陽光最貴

　　如果要問加州最貴的是什麼？我一定會說是加州陽光。別人會奇怪，人人可以享受的陽光，跟價錢扯不上關係。但有無想過，為了想得到加州的陽光，我們忍受著高消費的生活，因此我是個積極的戶外活動者，只有這樣才能充分利用加州陽光這美好的天然資源，使我們所付出的金錢得以最有效地回報。

　　我患有腳疾，不能跑也不能跳，更不能打球，對我而言的戶外活動，就是走走沙灘，溜溜小鎮，逛逛街會。那個星期天，我們來到辛尼維爾社區組織的街會。這樣的類似遊園會的活動在舊金山灣區很多，每個市鎮都有。

　　街會佔據了幾條馬路，一個個小小的，但是統一的白色小帳篷一個挨著另一個，每一個都是吸引顧客駐足的小攤位。攤位多數出售藝術工藝品，有大的像堵牆一樣的大幅裝飾畫，也有嬌小可愛的小油畫。有貴得咋舌攝影作品，更有經濟實惠的自製小陶藝、個人化的園藝工藝和別致的女性飾物；令人嘖歎那些設計製作都是出自個人之手，連客廳的檯燈、浴室的盥洗用品都製作的非常精緻而且別具特色。也有一些小公司的產品，例如皮包、服裝；都是平時在百貨公司見不到的款式。

　　逛累了或餓了都不需擔心，許多小食攤位供應三明治、烤肉和玉米，香味撲鼻，幫你補充體力。雖然都是美國速食食物，但是在這種場合，卻是非常應景合適，快速吃完再去逛。令人歡喜的居然主辦當局還有啤酒和紅酒的供應，除了可以品嘗到特製的鮮啤酒和試飲紅酒，有酒杯供應，需預購酒券。

　　我們去街會逛攤位並不是主要目的，聽現場表演才是首選。

當天表演的是非常出名Joe Sharino樂隊，已在加州贏得了十五次
加州最佳樂隊獎項，演唱會的門票售價不便宜，難得他們肯為社
區提供免費音樂會，我們做「粉絲」的，當然要去捧場啦。觀眾
們早早的就把在舞臺前的大圓桌子頭上有遮陽傘位子佔據了，還
有不少人自帶折椅或沙灘凳，圍繞著舞臺的週邊而放，還有不少
傷殘者坐著輪椅來，大家都自覺留著中間的空地，希望可以聞樂
起舞。

　　表演者很會帶動氣氛，一會兒的功夫，中間的空地上已經擠
滿了手舞足蹈的人們。此刻低頭看，各式的鞋子：拖鞋、球鞋、
皮鞋、涼鞋、高跟鞋五彩繽紛地隨著音樂的節奏在上下啟動。是
的，差不多都是原地踏步，因為人太多。我倒是來勁了，不能跑
不能跳，但可以扭呀。音樂實在太棒了，令你不能控制自己的四
肢。現場的氣氛也讓人不由自主的興奮，有伸展上臂的，有左右
擺動腰肢的，有晃動腦袋的，揮舞著手中盛著酒的杯子的，什麼
動作都有。在這一刻，所有的人都忘了現實世界的煩惱和個人的
不愉快以及工作的勞累，身心得到徹底的放鬆。在這一刻，令我
覺得為加州陽光所付出都是值得的，因為陽光下的生活，竟是那
麼的美妙！

我曾瘋狂

　　沒想到吧，一向規規矩矩做人的我，在中年的時候，曾瘋狂了一次。所謂瘋狂，就是做出了有違常理的事情，或是正常人不會做的事。我習慣每天晚上喝一點點紅酒，但並沒有酒癮。那次在香港住了醫院很長一段時間，有時候倒也有點嘴饞。有好心的人偷偷地給我帶了酒，但也只能夜深人靜的時候偷偷地呡幾口，根本就沒有開懷暢飲的那種豪邁感覺。有次一位已經出院的病人回來看望我們，我一眼看到他手中提的一瓶紅酒，我說：「你是不是故意來氣我，明知道我現在的處境。」他說：「以前我老是和你在電腦室搶用電腦，現在想想很後悔，所以買好了紅酒，準備請你喝當賠罪。誰能把你帶出醫院，我連他們一起請！」看來他是有誠意，不過也給了我很大的難題，因為那時我右腳踝剛做完了手術，傷口還沒有長好，腳根本不能落地，左腿做了髖關節手術沒多久正在康復期，也站不起來。而他說準備請我的地方是在大嘴角，而我住的醫院在大埔，兩者之間的距離好像是舊金山到山景城，交通正常也要半個多小時。我是喜歡接受挑戰的，居然很快找到肯為我開車護航的人。不過那兩個人的情況也不比我好多少。電腦室的主管李Sir，有自己的車，但是他是半身癱瘓；他的助手阿發，年輕小夥子，腦癱，雖然可以走路，可是走起來好像裝了了橡皮條，一蹦一蹦的，手和腳都不聽使喚。

　　我們合計了一下，情況很不樂觀。三個人六條腿，沒有一條是正常的。阿發的任務最艱鉅，要負責把我們倆的輪椅裝到車上去。阿發一揚脖子說：「只要醫生批准，其他的事就包在我身上。」醫生當然不會批准如此冒險的事情，我也沒那麼傻說真

話。我利用了醫生平時對我的信任，說家裡人想推著輪椅帶我去附近走走，吃吃東西，請幾小時假。醫生問我需要多少時間？我算了一下，李sir他們晚上八點才下班，一來一去的車程，加上吃飯喝酒的時間，豈不是要到半夜才回？我只能回答：「半夜十二點之前肯定回病房！」他有些懷疑：「你到底要去什麼地方？」我反問他：「你說我還能去什麼地方？」他一想也是，就在我的請假條上簽了字。出發之前，我又利用護士對我的信任，讓我自簽離開了病房。

　　李Sir特意把車開到一個隱蔽的地方讓我上車，他的輪椅比較輕巧，很快就上了車的後座。而我的輪椅十分笨重，它的設計也是為了病人的安全，平時推輪椅的人都是身強力壯的護工，可憐的阿發也沒有受過如此的訓練，他費盡了九牛二虎之力，才把輪椅放進了後車行李箱，但怎麼也蓋不上蓋子了。一路上我們那個提心吊膽地，因為輪椅後面掛著一個用塑膠套著的有我名字和病房號碼的大牌子，隨著晚風像一面旗子一樣忽啦忽啦的飄著，眼看著，就要被風刮跑了。這時有一架警車在我們後面不遠的地方跟著開。李Sir開腔了：「如果被員警攔下，你可要坐救護車回醫院了。明天我，醫生和護士都要被院長請去喝白開水。」正在這時，牌子不見了，不知飛到哪裡去了。我們都鬆了一口氣。

　　這頓飯我們都吃得特開心。難為了李Sir和阿發，他們只能看著我喝酒。他們還有回程的開車護航任務。第二天，當人們問我輪椅牌子的下落，我裝著很無奈的樣子說：「昨晚我夢遊，它不肯跟我回來。」

逢酒必歡（上）

　　從小時候在飯桌上爺爺用筷子蘸著酒讓我們試嘗，就算是開始喝酒了，所以我的酒齡漫漫長。我不是酒鬼，遠遠沒達到無酒不歡的程度。我什麼酒都喝，白酒、黃酒、葡萄酒、啤酒以及威士卡、白蘭地，逢酒必歡。我對喝酒沒有很深的研究，什麼講究產地年份牌子，但絕對看場合選酒，或是看菜喝酒，最要緊的是奉行「經濟喝酒」（那種酒減價就買哪一種酒）。

　　我喝得最多的是葡萄酒。葡萄酒通常分靜態（Still wines）和氣泡（Sparkling Wine）兩種，分別在與是否保留發酵時所產生的二氧化碳。如果保留即是氣泡葡萄酒，如讓二氧化碳跑掉，就得到靜態（不起泡）的葡萄酒。兩者的酒精含量都一樣八至十四%。氣泡葡萄酒分白氣泡酒和產量不高的玫瑰紅氣泡酒，以及加烈葡萄酒（Fortified Wines），那是在葡萄酒中添加白蘭地，酒精含量十七至二十二%。最著名的加烈葡萄酒為葡萄牙的波特（Port）和西班牙的雪麗（Sherry）。

　　靜態葡萄酒，又依原料或釀造方式的不同可細分為以下三種靜態葡萄酒：紅酒（Red Wine），用紅葡萄的汁連皮發酵的酒。白酒（White Wine），不管是紅葡萄或白葡萄，葡萄的汁都是無色的，用無色的葡萄汁發酵即得白酒，和玫瑰紅酒（Rose Wine）。紅葡萄連皮發酵時間較短，釀出來的酒就是顏色較淡的玫瑰紅酒了。白酒跟紅酒顏色的不同，除了葡萄品種的不同外原因外，白酒先榨汁再發酵，紅酒先發酵再榨汁。

　　我每天晚上都會喝一小杯葡萄酒，基本上都是紅酒。紅葡萄可提煉紅酒素蘊含 SOD（Super Oxide Dismutase）是最佳的抗氧

化物，能夠提升整體健康及改善免疫機能，據說說明排毒暢順延緩衰老。我喜歡喝甜的酒，白酒多數不甜，稱為乾酒（Dry）。經濟掛帥，所以國產的張裕紅葡萄酒和中國紅葡萄酒最合我心意了，三元左右一瓶喝上一星期。雪麗（Sherry）酒我也愛，雖然烈，但也是甜甜的。

有人稱紅酒是開胃酒，不過我是喝酒為佐菜，多吃一點菜，就不吃米飯了。記得有一段單身的日子，每天晚上只要在家，通常燒滾一鍋水，把魚片，肉圓，蔬菜和各色菰類全放到鍋裡滾熟，然後就著紅葡萄酒下肚。既簡單又健康的美食，伴隨著美妙的音樂，我常常懷念那段時光。不過紅酒最合適是搭配口味較重的菜肴，因為紅酒氣味強鬱多層次。

其實我最喜歡的甜酒是日本的梅酒（Plum Wine），琥珀色的酒液，放上幾塊冰塊，冰鎮下的淡雅清致的果香，濃郁甜美的口味，令人想醉。記得有一次搭坐日航，驚喜地發現他們免費供應梅酒，我連著續杯，航空小姐擔心我會醉，我笑著答到：這正是我的目的。來吧，滿上！

逢酒必歡（下）

　　我喝酒，除了想多吃菜，好多時為了追求「熏香柔靡炫目醉心」的境界。喝中國的黃酒和白酒都能容易達到這種意境，因為酒精的濃度高於葡萄酒。黃酒是以糯米或大米、黍米為原料釀造而成的低度釀造酒（如紹興酒、福建老酒等），因酒色多為橙黃、橙紅或黃褐、紅褐色，因此稱為「黃酒」。

　　黃酒是中國歷史最古老的酒，以紹興黃酒最負盛名，在海外被統稱為「中國酒」。紹興黃酒因其釀造工藝的差別，共分為加飯、花雕、香雪、善釀等多個種類。紹興地區頗具特色的一種黃酒叫「女兒紅」，相傳紹興人在女兒出生時，便將一壇黃酒埋入地下等女兒出嫁時方打開招待親朋。因為是裝入花雕酒罈，因此也叫花雕酒。

　　好的黃酒晶瑩透明，光澤柔潤，潔淨而無雜質，上漿汁粘綿，堆盅不溢。記得很久之前的上海，有種被上海人稱之為「另拷」的酒，不是原瓶出售，而是大缸酒零售，需自帶瓶子去買。我習慣拷兩種酒，把花雕和善釀酒混在一起喝。花雕有較輕微的酸味，而善釀很甜，兩者混在一起，粘稠掛杯。均衡了醇度和口味粘稠掛杯，喝上一杯，餘香回甘。正因為黃酒入口易，雖然酒精程度沒有白酒高，黃酒很容易喝醉。黃酒通常加熱喝，在酒裡放上一兩顆話梅，可增加口味的層次感。

　　白酒分為醬香型和濃香型兩種。被稱為「國酒」的茅臺酒是「醬香型」。其酒體醇厚，回味悠長，空杯留香經久不散。據說一位外國品酒家曾用氣相色譜儀對茅臺酒進行過分析，結果發現，酒體中竟包含有二百三十餘種香味香氣成分，其中三分之二

尚無法辨別出是何種物質。有一次我在朋友家用膳，他做的醉雞特別香，打聽下來，他竟然用的是茅臺酒。我大呼小叫地控訴他糟蹋了國粹，簡直是犯罪。他竟欣喜的把所有的國酒都奉獻給我，因為他不會喝酒。

啤酒是由水、麥芽和啤酒花（即蛇麻）經酵母發酵而成的。由於啤酒的主要成分是水，所以水質對啤酒的品質有著很大的影響，而酒精含量是隨著啤酒的種類和製造商的不同而變化。一家美國廠商曾推出一種酒精濃度達百分之二十五的啤酒，名字叫亞當斯的烏托邦，這種用銅製酒瓶裝的烈啤酒，賣得比頂級白蘭地還貴。

我最喜歡喝德國喜力啤酒（Heineken），因為口味純。如果考慮經濟效益，國產的青島啤酒是我的首選。我也愛喝泡沫多生啤（新鮮啤酒），有的餐廳都有堂吃。啤酒公司每天用特別的卡車把新製的啤酒運去餐廳，在灣區，也有許多美國餐廳自製啤酒堂賣，口味相當不錯。

喝了這麼多年的酒，覺得看菜喝酒很重要，例如吃火鍋時喝啤酒很爽。啃鹵水鴨膀，最好來點白酒，不用貴貨，最普通的二鍋頭就可以過癮。佐大閘蟹的最佳酒類非黃酒莫屬，但椒鹽花生和鹽水毛豆一樣可以帶出黃酒的魅力。喝紅酒的配菜，煙燻三文魚和烤牛排是一流的選擇。我的體會有限，不過也算對爺爺栽培我喝酒有所交代了。

酒逢新朋

　　移民來美國時間不算長，總是思念著家鄉的朋友們，上海的、香港的，每逢在網上碰道，一句：「什麼時候回來？請你吃飯！」撩得我心理直癢癢。不過再怎想，遠水都不能解近渴。看來必需要開始尋找新的朋友。

　　一段時間下來，我發現，在飯局上交朋友是一個非常好的方法。首先可以借倒酒遞茶或夾菜打開話題。其次不用擔心冷場的局面，即興的話題隨手拈來。從菜式到旁邊坐的人都可以成為你的興趣所在。再說美食容易讓人們放鬆，不會像正式場所那般拘謹。談談聊聊吃吃喝喝，很快不記得自己身處異國，而且還會有意外的收穫。

　　在一次家庭聚會上，我突然看到香港的藝員「苑仔」和我同桌，突然間，我細胞興奮了起來，可能也是因為思鄉的緣故，我到現在還在看老調牙的香港電視劇「真情」，連我不懂中文的老公也會哼裡面的主題曲，如今能親眼見到她的鬼馬（風趣的意思）表情和動作，真是三生有幸，不過很快我知道了，她並不是真「苑仔」，真實身分是我堂嫂的嫂子，酒足飯飽離別之際，我拉著她的手多謝她讓我過了見明星的癮。

　　還有一次，和朋友的一家吃飯，臨時被他們的朋友邀請同桌，好傢夥，我一眼看見了桌子上眾酒之中的大陸名酒劍南春。劍南春是與茅臺、五糧液齊名的中國三大白酒之一。精選高粱、大米、小麥、糯米、玉米糧食做釀酒原料。採用老窖發酵，微機調味，精心釀製而成。以「芳香濃鬱、醇和回甜、清冽淨爽、餘香悠長」的獨特風格聞名於世。我品過茅臺和五糧液，但從未

見過劍南春，顧不得儀態，舉手問主人：「我能申請喝劍南春嗎？」主人家的熱情使我受寵若驚，他們簡直不讓我停杯，我一停下來，他們就滿上，杯底敲敲桌面，舉起杯，向著我說：「彬彬，乾！」這樣的動作重複得太多次了，以至我老公以為「彬彬」這兩個字是有什麼特殊意義的中國祝酒辭，後來我才知道，這主人家是灣區的大企業家，有名的酒神酒仙夫婦！

　　最近一次十二個女人的聚餐會，那是海外華文女作家協會在古比蒂奴的讀書會的例會，因為我是新加入，所以十二個人裡面我只認識一個人，會長周芬娜。畢竟是讀書人，我們以書為先後美食。不過那次除了價廉物美的聚餐留下了深刻的印象外，我開始考慮改行作文學評論家了，我們那次討論的是「追風箏的孩子」這本書，不能小看女人，十二個女人輪流說出自己的讀後感，從歷史背景，社會意義，商業前景，作家風格，還有夾著大小道消息的「題外話」等等，那真是一份不可多得的名著介紹和點評，可惜沒紀錄，否則我可能會發財。要知道，這本不僅在久居暢銷傍，連好萊塢都開始做著手投資拍片，所以任何涉及該書的新論據都會有自己的市場，就看你怎麼做這個市場了。

禮輕情誼重

　　又到了買禮物的季節，通常買禮物針對兩種目的會大受歡迎，一是買人家所需要的，二是買別人渴望要的；前者可稱雪中送炭，後者被認為錦上添花，受者欣喜若狂，送者歡欣鼓舞。不過在物質十分豐富的當今社會，送禮卻變得困難了，因為你想到的，人家都有了，所以現在送禮，如果著重心思，可以超過了禮物的本身價值，還會帶來意料不到的驚喜。

　　記得有一次，我在逛商店的時候，看到一張祝賀新生兒誕生的賀卡，精美的設計，美麗的詞句令我非買下不可，寄給以為已生了孩子的堂姐，過了幾天，接到了我嬸嬸的長途電話，千謝萬謝我寄的「催生卡」，因為堂姐已過了預產期多日，但就在接到我賀卡的第二天，就如賀卡上所寫的那樣，生了一個白白胖胖的兒子，這真是個美麗的誤會，因為我根本沒有留意過賀卡是給男孩的還是女孩的。另一次，買了一件生日禮物給當時的同事，廣告公司屬豬的創意總監，並告訴他，這件禮物他可以另派用場。那是一件很普通的小擺設：一個小豬在打開蓋子的箱子裡，擁被而坐，兩眼放光，雙臂前伸，在箱蓋上，有一句話：「Come on, Baby」；創意總監拿著認為是代表他的心聲的禮物，急不可待地向未婚妻再次求婚，在鑽石戒指攻勢下都沒有答應馬上下嫁的未婚妻，卻被他這次赤裸裸的情真意切打動了，當下就定了結婚的日期，我也因這次策劃成功而興奮了幾天。

　　在我學會了水墨畫後，找到了另一個送禮物的方法，針對不同的對象和場合，把自己的水墨小品精心地裝裱後送人，幾尾遊弋的金魚配上年年有餘的題詞，是過年不錯的禮品；而出汙泥而

不染的荷花，加上室雅何需大的字句，掛在朋友新居的牆上也蠻得體的。

移居美國後，學會了送禮因地置宜，就地取材，例如聖誕節，就可以自己做鮮花拓印的賀卡，非常簡單，把花園裡自己喜歡的花朵，夾在預先準備好的卡紙裡，再把卡紙對折後夾在厚書之中，過兩天，把乾枯的花拿出來，卡紙上已留下了美麗的花的色跡，寫上祝福的語句，一張別出心裁的賀卡已經製作成功。把花園內自己種的水果，或是選購對方心儀的水果，切成各類不同的形狀，用插花的方法做成一個花壇，也是一種很好的禮物。

最近好朋友情緒低落，我送了她一個小盆栽：碧綠的寶石花栽在呈四方型的透明器皿裡，一隻小猴子調皮地攀懸在器皿的邊緣上，淘氣地注視著她。接到禮物的她，馬上多雲轉晴，臉上出現了笑容。

送禮絕對不是一種人情債，關心周圍的人，從生活的細微處入手，即便禮輕，一樣可以得到皆大歡喜的效果。

主題聚餐會

　　在美國，聚餐是最普通不過的社交活動了。朋友間，同事間，鄰里間，甚至家人和親戚見面，都願意採取這種既溫馨又實惠的方式。在碗碟碰撞、觥籌交錯之間，男士們談得開心，女士們切磋的激烈，孩子們更玩得不亦樂乎。但這種聚會常常是為了聚會而聚會，為了吃而吃，沒有什麼主題。

　　最近，參加了一個別開生面的聚餐會，全部是由女性參加，每人除了需挾帶一個拿手菜之外，還要就主人設立的題目「我想作誰」做答三分鐘。非常欣賞這種主題聚餐會的形式，美味留唇齒，心靈得啟發，身心同時受益不淺。

　　雖然在一開始的時候，大家並不是十分熟悉，很多人甚至是第一次見面，朋友的同事、同事的鄰居或是鄰居的朋友。隨著美食的開始，大家的自我介紹，彼此熟落了，發現真是應了物以類聚一詞的定義，來的都是物質上不愁、生活上平靜，有錢、有家、有孩子、有工作、有機會在東西兩邊跑的女人，經歷相似；在熱烈的討論之中，每個人的意念都不盡相同，有的要做隨心所欲地武則天，有的要作回自己，三生不變，但帶出了每個人最深處的欲望需要都是相同的：希望成為一個完整的人，原來大家的心靈早已相識！

　　除生存之外還能做什麼？發言是那樣的熱烈，根本就超過了所規定的三分鐘時間，由於多次小組會私下議論而干擾了大會的正常進行，而遭主持者用調羹敲擊玻璃杯來阻止，會外的頻頻來電多次中斷了會議，老公的查詢、孩子的催促、業務的求證等等，證實了女人們在現實生活中的多重角色的需求重要性，而女

人們也無法脫離自身責任所在。

　　沒有黨派的牽連、沒有組織的約束，一群熱愛生活，追求充實的女人們就在如此的歡樂輕鬆地氣氛中，討論了生命的本質這個非常嚴肅的問題。綜合大家的發言，達致了以下的觀點：認識自己、瞭解自己，每個人都有成長的空間，這個成熟的過程，可以憑借自我發現的力量，也可以尋求專家的輔導，更可以得到宗教信仰的幫助。

　　主題聚餐會並不是第一次舉辦了，與會者相信藝術、科學和宗教信仰這三股至關重要的力量滲透全人類的生活，所以她們曾請來醫學、美學方面的專家講授有關知識，從多方面的途徑讓我們更多地瞭解繽紛繁複的世界。

　　我期待著下一次的聚會。

淘舊貨

　　小時候常跟奶奶去上海的華亭路逛舊貨攤，興趣特濃，留下很深刻的印象，每一件物品都是那樣的特別、與眾不同，有的還有著自己的故事。沒想到在美國卻有機會發揚了這種興趣。事源幾年前，在波特蘭看望朋友，她是一位藝術家，心靈手巧，充滿了創意，業餘愛好是去兜「車庫賣舊貨」（Garage Sale），我欣然跟隨，果然有收穫。她買到了一架縫紉車，樣子非常特別，聽主人說還是歐洲產品呢，價錢當然非常便宜，而我分別在不同地方買到了藝術擺設——雞，真巧，湊在一齊成了一對。朋友用二‧五分美元買了一隻小木框子，她看到我臉上不解的神情，笑著說：「你不是想學做瓷磚畫嗎？我家裡正好有一塊裝修用剩的瓷磚，配上這個框應該不錯。」在她的幫助下，我真的完成了名為「年年有魚」裝飾畫，淺綠色的瓷磚底，黑油油的線條畫，加上墨綠色的木框，好一個藝術品！至今還掛在我家廚房的牆上。

　　從那以後，我愛上了Garage Sale，當然，在不同的地區，Garage Sale也有明顯的不同。就拿舊金山灣區來說，在東灣的Modesto，Garage Sale成了社區的一種活動，每星期五都會在社區小報上註明週末所有Garage Sale的地址，還配製了路線圖，非常方便。我在那兒的最大收穫，是用二元美金買到了上一個世紀的精美臺燈，令我雀悅了很久。但是在南灣，可能因為亞洲人居多的原因，Garage Sale並不是那麼多，所以專賣舊貨的連鎖店Goodwill和Saratoga小鎮成了我留戀的淘舊貨地方。

　　在Goodwill經常可以買到一些造型可愛的瓷花盆和花瓶，價錢常常在一、二元美金左右，買回家後，根據不同形狀，栽

培一些不同的植物，放置在室內外的各個角落，為家居生色不少，增加了生活情趣，還可以當小禮物送朋友，反響不錯呢。在Goodwill還可以買到非常精緻的餐具，別俱特色的酒杯，好多戰利品都隨著我的美食文章見了報。在日常生活中，我們家的男孩子們和我，都是摧殘鍋碗瓢碟的兇手，有趣的是，刀叉匙筷在我們家也非常容易消失，好在有了Goodwill，可已經常「補貨」，不用擔心會有用手抓飯的日子。

Saratoga小鎮以古董店出名，大概有十幾家之多，古董其實就是歷史久一點的舊貨而已，所以我的進貨原則也是以自己喜歡及實用為主。鎮上多數的店是以收購的貨品轉售的經營為主，也有東主出售自己收藏品，所以對專門收集某一類品種的人來說，在那兒會找到有驚喜。

在環保高調的今天，更給淘舊貨冠以了一個響亮的名字「循環再用物品」，不過對我來說，淘舊貨確是一種既滿足了某種需要，又運動了身體，還可以省錢的業餘愛好，何樂而不為！

旅遊

　　女人們的聚會上談起了旅遊。說是有這樣一個流行的玩意，問如果給你選擇，金錢，時間和旅遊，你會要那樣，多數人的答案是旅遊，因為旅遊同時需要金錢和時間。而我們這群求知欲都很強的女人，經常聚在一齊讀書，卻也一致同意走萬里路勝過讀萬卷書的道理，顯然旅遊還會帶來很多的樂趣。

　　說起旅遊的目的，大家的觀點卻不一致，討論得不亦樂乎。有人認為，旅遊一定要結合文化歷史，才能更好的瞭解當地的民風世故和地理人情，所以當地的博物館是必遊之地。有的認為，旅遊不能蜻蜓點水，如果條件許可，需要在當地小住一段時間，才能感受不同的文化氣息和風土人情，她還舉例，在北京的天壇欣賞老人們的晨操，或在英國的一個幽靜小鎮小住，每天早上享受百年麵包店的濃味奶油麵包，卻有異曲同工的感受，體驗了不同的生活。

　　我因金錢和時間都不富裕，雖然熱愛旅遊，但只是限於短途的，點到即止而已，自己在《星島日報》上的主持的旅遊專欄，也只能用「走馬觀花」作為題目，因為對所到之地只能做一個大概或者主要的介紹；不過即便是如此，我仍然在介紹自然風光和名勝古跡的同時，努力地挖掘一下該處的歷史成因或是趣味故事，這樣一來，在瀏覽風景，參觀名勝的時候，會覺得該處富有了特殊的生命力，自己的想像力也可以得到了無限地發揮，整個觀光的過程興趣盎然。例如著名的已故媒體大王威廉的赫瑟特古堡Hearst Castle，在我們驚嘆它的美輪美奐、壯麗宏偉的時候，背後有一個類似電影情節的故事。威廉的孫女在上世紀六十年代

被一個名為SLA的組織綁架，代價是讓他們家族付出大量的金錢捐助窮人。事情發展頗為戲劇性，他的孫女居然被該組織洗腦成功，和該組織的頭目墮入了愛河，背叛了自己的家庭，拿著槍去搶劫銀行，上的山多終遇虎，該頭目在一次圍剿中被擊斃，赫瑟特的孫女也被關押了一段日子。當她出獄後，家人替她請了貼身保鏢，後來成了她的丈夫，倆人過起了平凡的生活，她的故事也漸漸被人遺忘了。

有人旅遊喜歡探險，專挑冷門的地點，不管當地設施交通如何屬於吃苦型。也有人旅遊是為了休閒放鬆，屬於享樂型。記得去年我們海外女作家協會在上海復旦大學召開的年會上，有會員用幻燈片介紹自己去非洲的津巴布圍之旅，我只能說佩服她的勇氣和精神，但不會效仿；但相反地，會長周芬娜的看韓劇遊韓國名勝觀光介紹，卻引起了我的興趣，因為參觀已經熟知故事的名勝，見證故事發生的所在地，可以大大滿足自己的好奇心。當然年齡和興趣是構成人們有不同的旅遊目的和形式愛好的關鍵。看來我是屬於享樂型的。

我恭喜有旅遊興趣的人們，他們的有心或是計畫會給自己帶來快樂，我祝福能常常旅遊的人們，因為他們不僅有錢有時間，應該還有健康，人生有什麼能比的上擁有這三樣東西更幸福的呢！

再見孔雀魚

　　星期天在家接待了幾批來訪者，都是沖著我們飼養的孔雀魚而來。因為就要搬家了，不想四大缸的孔雀魚因為搬遷而有所損失，所以在網上為他們廣覓好人家。

　　孔雀魚是一種非常普通的熱帶魚，是屬於小型卵胎生魚類，最大體型約僅六公分，造物主不僅賦予孔雀魚旺盛的生命力，還讓他們擁有艷麗的色彩及迷人的體態，千變萬化的色彩，更增添了孔雀魚令人難以抗拒的魅力。由於週期性的生產力，使得牠贏得「百萬魚」的封號，也因此常是初飼養觀賞魚者家中的常客。

　　文革的時候，不但生活物資稀少，精神生活也非常的缺乏，根本沒有什麼娛樂消遣，爸爸就決定讓我們養熱帶魚來豐富我們的業餘生活；他把家中的空鐵罐，用利剪剪成一條條的細長條子，作成魚缸的框架，然後用白水泥把玻璃牢牢的黏在框架上，水泥乾了後，一個漂亮精緻魚缸就大工告成了。看著美麗的孔雀魚等熱帶魚自由自在地遊弋，我們忘卻了生活的單調苦悶。從此孔雀魚養魚的習慣卻一直跟著我，我想那是因為當年養魚給我帶來的喜悅永遠留在記憶中的緣故。

　　第二次養魚是在香港，兒子剛上小學，那時，香港的生活節奏非常之快，工作繁忙，業餘還要進修，照顧孩子，不誇張的說一句，連跑步都嫌慢！可是每當一看到魚缸裡孜孜悠悠飄來遊去的孔雀魚，就會心升一種和諧的平靜，再忙，也會情不自禁地駐足在魚缸前停留片刻。

　　第三次養孔雀魚是在上海，那時我剛恢復單身，在上海西郊買了一個兩室兩廳的小居室，而我工作的廣告公司卻在淮海路西

藏路，公司也有宿舍在附近，但每天，我仍然長途穿梭於家和公司之間，為的是晚上可以在家中，一面品紅酒，一面隨著音樂欣賞著長達一米半，置放在廳裡的水族箱裡的孔雀魚，那美麗的水底世界，那婀娜多姿的體態，令我忘記了工作壓力帶來的煩惱，也從不感到一個人獨居一室的孤獨。那時候工作需要，出差頻頻，但從不需要擔心家中的孔雀魚缺乏照顧，記得有一次，回香港超過十天，心中有點焦急，回到上海家中，一打開家門，那些可愛的魚兒，正向我搖頭擺尾的表示歡迎呢！

　　移民來到美國後，又一次養魚是為了我老公，他脊椎手術後，恢復期很長，養魚是最好的一種消遣。難得他傾入了很大的興趣，看書和網上查數據，知道了怎樣健康的培育小孔雀魚，怎樣培養出不同色彩的品種，怎樣才能使孔雀魚的色澤顯得特別燦爛。魚越來越多，只能用不同大小的缸來滿足牠們的起居需要，而牠們也確實成了我們生活的一部分。

　　不知道第五次養孔雀魚在何時，應該很快地會和牠們再見！

與鸚鵡對歌

老公工傷做了脊椎大手術後，醫生一直限制他的活動範圍和幅度，甚至是坐也只是十五分鐘而已。如何度過這一頗長的煩悶的治療恢復期，成了最傷腦筋的問題。靈機一動，何不飼養一隻寵物，可以藉照顧他而消遣時間，又能讓平凡的生活多一點樂趣。我們排除了養貓、養狗的可能而選擇了養鳥，因為鳥籠子總是高高掛起的，可以避免老公有彎腰的動作，這是醫生嚴厲禁止的。經過研究，我們決定飼養鸚鵡，因為他外表漂亮、叫聲悅耳，很容易和人做朋友。

鳥類的飼養可以追溯到埃及的法老王時代，直到羅馬帝國時代，也就是大約兩千年前，鸚鵡已經成為權貴的象徵，甚至可以用來交換奴隸。十五世紀初歐洲的王公貴族開始流行飼養鸚鵡。主要就是因為鸚鵡會學話的特性。最著名的就要以十五世紀末，英國國王亨利八世所養的一隻會說話的非洲灰鸚鵡。進入二十世紀後，由於航空交通的興盛，大型野生鸚鵡開始在歐美流行，直到一九九二年美國全面禁止保育類鸚鵡進口，鸚鵡的養殖才開始興起。至今在美國鸚鵡的養殖業已經非常成熟。

我們在網上看中的人工飼養的澳洲小冠鸚鵡（Cockatiels），是愛鳥人士自家培育的好品種，一歲大，在大型寵物店裡起碼要一百五十美元起價，而我們只花了七十元，如果不在乎品種，家養的鸚鵡四、五十元都有交易，是商店出售的三分之一價錢。如果買鳥的目的是和鳥兒作伴，那最好只養一隻，這樣慢慢培養它對人的依賴性了。

鸚鵡的模仿力非常的強，而且也非常的聰敏。當我們新寵放

在一個小紙盒裡帶回家裡的時候，把蓋子掀開一個角，這樣牠就能露出半個腦袋呼吸空氣，誰知牠不甘心被困，用嘴迅速地在盒邊咬出一個洞來，要不是很快到家了，牠的計畫真能成功，

我們的新寵叫靚仔（pretty boy），非常漂亮，頭上的冠和長尾是嫩黃色，白色的全身加上粉紅色面頰，真是可愛極了。聽牠以前的主人介紹說，靚仔從小的愛唱一句就是pretty bird，加上牠是雄的，所以因此得名。還真的是呢，靚仔叫的最多的是這一句話，以前還真的不知道，原來鸚鵡叫聲有很多種，如果不望鳥籠子，可能會以為有兩、三隻鳥在輪流唱呢。最特別的牠還會吹口哨，好聽極了。如果有人應牠，牠一點都不含糊地和你對唱，並會主動挑戰。老公心急想培養靚仔說話，不過我卻很享受和靚仔對歌。

爺爺的牽牛花

　　初夏的花五彩繽紛，但在我的心靈深處，惟有牽牛花占了一席地位，因為它總能把我帶去遙遠的童年……

　　還是在上世紀，在上海某一新式房子的弄堂裡，每年的夏天，我們幾個女孩子都喜歡每天一早聚在一起，揚臉朝最後一棟樓的四樓天臺嚷道：「爺爺，爺爺，喇叭花。」隨著我們清脆的叫聲，天空中果然紛紛揚揚地飄下了五顏六色的小降落傘，我們驚呼著去搶奪，然後互相比較著戰利品的美麗，沒搶到的，只好揚起臉，再一次呼喊起來：「爺爺，喇叭花。」那就是那個年代中我們唯一和美有接觸的美好時光了。

　　牽牛花的別名很多，因其外形，稱為喇叭花、碗公花；因其開花時間只到中午，又稱為子午花；更有趣的是因為牽牛花一大清早就會開花，所以日本人稱牽牛花為「朝顏」，法國人稱它為「清晨的美女」。

　　爺爺種牽牛花有歷史也有研究，都是優良品種，他種的牽牛花有滾邊的，有色濃如絲絨的，也有變幻色的。他也曾經讓我們觀察過牽牛花開花的過程，緊緊扭轉的花苞會從頂端開始鬆開，慢慢綻放，完全綻放的牽牛花有的呈漏斗狀，有的呈鐘狀、盆狀，色彩鮮艷，非常奪目。

　　牽牛花沒能在名貴的花單上留名，但仍然不可減低它在我心目中的位置，當我開始學畫水墨畫的時候，特意要求老師教我畫牽牛花，老師還以為我有意要學齊白石畫牽牛花，其實我卻根本不知道有這回事。白石老人筆下的牽牛花還與梅蘭芳有關係。梅蘭芳愛牽牛花的艷麗色彩，在宅中種植牽牛花數百種。白石老

人一見鍾情，牽牛花即在白石老人筆下生出無限情趣。在二○○五年中國嘉德的秋拍中，一幅齊白石《蜻蜓牽牛花》立軸，估價三十五萬至四十五萬元，成交價則達到了一百一十五萬五千元。是非常罕見的藍色牽牛花的作品。

　　說來也奇，被閒置在花園一角的花盆，突然長出了不知名的蔓藤植物，誰也沒有在意，某日一早，突見一朵亭亭玉立的藍色喇叭花出現在眼前，哇，我趕緊拍照，留做記念，心想是否爺爺在天有靈，讓我重拾童年的夢。

最好的禮物

　　聖誕季節又是火拼禮物的時候，買什麼樣的禮物可以用「需」和「要」這兩個字來區別，「需」和「要」是兩個不同的概念，用英文來解釋就是「need」和「want」。前者是買人家所需求的，可稱雪中送炭，受者會歡欣鼓舞，後者是送人家渴望的，被認為錦上添花，受者更欣喜若狂。

　　自從嫁了美國人，發現聖誕節的禮物對他們來說意義完全不同，而且不止一份那麼簡單。小孩子們早就把自己所渴望的東西寫在紙上，長長的禮物名單交給大人。大人就會說：「看看聖誕老人忙不忙了！」當然，大多數的家長都會按孩子的心意去購買聖誕禮物，有的他們會當成是聖誕老人送的，所以美國人家中的聖誕樹下總是會見到堆的滿滿的聖誕禮物盒！但是這樣的花費很貴，通常孩子寫在禮物單上的禮物，多數屬於奢侈品。我見過一個有五個孩子的美國家庭，因為經濟條件限制，平時很難滿足孩子們的要求，如果在聖誕節都能實現孩子的願望，會覺得很對不住他們，所以竭盡所有，買齊了孩子們所渴望的禮物，但是聖誕過後，連電話費都交不出了！所以美國的工會（Union）給他們的會員一種福利，如果在工會的銀行定期按時存錢的話，就會在聖誕節的到一筆額外的利息，以應付節日買禮物之需。

　　我買聖誕禮物，會採用組合的形式，先會選擇別人所需求的，而且是他們目前無法負擔，或者是他們沒有想到但生活上卻是需要的，然後會選一件他們想要又捨不得花錢得東西，給他們一個驚喜！接著會在補充一些日用品之類，這樣一來可以皆大歡喜，送禮的人即滿足了對方的需和要，也不會使自己的預算失去

控制。

　　曾經收過的最好的禮物，是一位朋友自製的聖誕卡，一張她自己做的用鮮花拓印的賀卡，她把自己在花園裡辛勤培育的玫瑰花摘下來，夾在預先準備好的卡紙裡，再把卡紙對折後夾在厚書之中，過兩天，把乾枯的花拿出來，卡紙上已留下了美麗的花的色跡。寫上祝福的語句，看是簡單，但這賀卡記載她所花的時間和心思，也洋溢著她所付出的愛！

　　送禮，如果注重心思，可以超過了禮物的本身價值，給對方留下永遠的記憶。

春天的悲劇

　　都說溫暖如春，真的沒想到，這樣的悲劇竟發生在春天，加州矽谷的春天！春天的水凍死了我的魚，春天的陽光曬死了我的花！而這兩起悲慘事件的發生只相差一天的時間。

　　那天，照例清洗魚缸。自從搬家後，已經不再飼養熱帶孔雀魚，但還是保留了兩條可愛的金魚，一條珍愛的日本鬥魚。從花園裡把晾了有兩天的一桶水拿進了屋裡，再把魚缸裡的金魚放進桶裡，胖悠悠的金魚行動緩慢，容易抓，鬥魚非常狡猾，老是在眼皮底下逃掉，所以每一次都要費點時間才能把他請出魚缸。魚缸不大，所以清洗時間並不長，就在這麼一會的功夫，等我再回到屋內，發現在桶裡的鬥魚肚朝上，一動不動，已經不行了。大驚失色之下，連忙用手去觸摸魚身，發現他的身體已經僵硬，這時我才醒悟，水真的很冷，它是凍僵的。我趕快把他撈了出來，另外放在一個加了暖水的容器裡，然後放在太陽下面，還用自己的手去製造一些人工波浪，幫他甦醒，果然急救有效，半小時後，他醒了，慢慢恢復了體力，開始遊弋了。但這只是迴光反照，可能在他凍僵的時間裡，某些器官受到了致命的損傷，第二天，我那寶藍色，帶著美麗蕾絲飄逸長尾巴的鬥魚，他還是離開了我。

　　我還沒從冰冷的哀思中復原，第二天星期天，四月十三日，心靈又一次受到打擊，來自酷熱的打擊。春天的陽光曬死了我的花。我算是一個有自知之明的人，雖然熱愛花草，也只限制在擺弄野花小草什麼的，因為知道殺生的罪孽很重。有天去Home Deport配鑰匙，被一陣花香所吸引，結果是花圃前不願意走開，

我看中的是一盆三元的小花，花瓣猶如絲絨般的紫紅，花芯卻是小小珍珠，太趣致可愛了。我觀察了一下環境，它是被養在室外的玻璃房裡，正好和我有天窗的開放廚房相近，買回去放在小木桌子上倒蠻有情趣的，但多數的花已經都開的差不多了，剩下的都是花蕾比較小的，我還在猶豫養不養得活的時候，一名職員過來告訴我，只要把收據保留好，十九天內有什麼事發生，可以退回去。我問：「會發生什麼事呢？」他詭秘地說：「任何事都可能發生。」買回來有十來天了，什麼壞事都沒有發生，在我的精心愛護下，花蕾含苞靚放了，而且看樣子，花還可以開一段日子，我高興的不得了。星期天下午，是覺得有些熱，聽說有八元錢可以唱幾小時的卡拉ok活動，就離家出去了幾個小時，回來發現，我那可愛的花，花蕾連葉子，全都黏得垂下了，無論我怎麼噴水吹氣，救不活了！天吶，這該死的加州春天，為什麼殺生靈不眨眼。這個百花齊放的矽谷，為什麼讓我感到這麼悲壯呢！

快樂露營樂不思蜀

　　國慶節長假，朋友邀請我去參加露營。早就聽說灣區有那麼一個以美食作為露營重點的團體，參加的都是相熟的家庭。他們把鍋碗瓢勺爐從廚房搬到野外，每每好吃得讓參加者樂不思蜀，參加者與年劇增，露營隊伍早就人滿為患。好在今年我一個人在灣區度國慶，所以決定跟著朋友的車，不露聲色地潛入營地，來一個三天兩夜的臥底報導。

　　露營地就在聞名南灣的大蒜之鄉Gilroy，正式名很長，Coyote Lake-Harvey Bear Ranch County Park，是個鄉鎮湖心公園，面積有四千五百九十五英畝那麼大，有長達十五哩的小道，面積有六百三十五英畝之大的湖泊，所以這個營地除了爬山踩單車騎馬，還可以釣魚、划船、開汽艇。

　　面向湖景的的露營地可供七十五個家庭使用，每兩、三個家庭共用一個燒烤點，和可以存放食物的野外儲藏櫃，還有洗東西的水池和木製桌凳，每個露營點可以停放兩輛車，還有提供熱水的廁所。營地管理得非常好，在進入營地的時候，就可以在入口處遊客中心看到有關的野生動物生活習性的展覽。營地一面靠山，所以除了爬行動物還有野生的水陸兩息動物。我們在遊客中心有人在買全年的套票，因為這裡確實是一個非常理想的全家戶外活動地點，尤其是離市區很近，在夏季，週末還有電影欣賞和營火會的活動。

　　到了營地，第一件事是卸車搭帳篷，把家先建起來。派給我們的營地離湖邊遠了一點，開頭有一點失望，因為景觀差一點，後來去了湖邊一走，發現好在沒在湖邊，湖邊風太大，刮得帳篷

呼呼響，到晚上我肯定會嚇得睡不著覺。

因為是臥底，不想太招搖，我特意買了一個非常小的帳篷，去的時候有點擔心，不知怎樣一個人把帳篷支起，因為通常這種事是我老公做的，不過在這大愛的社會，我這種擔心都是多餘的，很快來了三位老公，別人的老公們幫我架起了帳篷，又幫我吹起了一個單人氣墊床，我把帶來的鬆軟的大棉被半墊半蓋，看上去就覺得非常舒服。把小小行李箱豎起，當床頭櫃，在上面鋪上一面美國國旗，也把這次添置連收音機的LED燈放在床頭，和一些晚上用得著的物品。

還未完全布置好新家，總部那邊已經在吆喝開飯了。這次總共十多個家庭，實行的是民主集中制，一切由兩位德高望重，帶領大家露營了多年的女士負責。第一餐，是吃各家所帶得私房菜和甜品，三十多種；來自天南地北不同口味家庭的拿手菜，真是涵蓋了中國八大菜系的精髓。

說到底是美食露營，所以每天的不僅菜式不同，而且還要確保新鮮。後來的兩天，他們不僅在現場烤肉、烤魚、烤羊肉串、煲雞湯，現做孩子們愛吃的義大利麵和熱狗，居然還剁菜包餛飩。由於孩子們騎車的騎車，划船的划船，比較安靜的一些，都在帳篷裡玩益智遊戲。所以大人都可以輕鬆的放寬心，女人們在交換著治家心得，男人們在互換著信息情報。這是一個沒有計算機、沒有電視、甚至沒有電話；總之，這是一個沒有電的回歸自然假期。

夜幕降臨了，各營房的煤油燈亮起了，孩子們圍著溝火在烤棉花糖，大人們品著杯中的酒，歡聲笑語沖破了夜空，餘音久久地山谷中回蕩。

第二天，我早早的起身，走出帳篷，只見太陽爬上山谷之

頂，俯照著那枝枒伸向天空的大橡樹，橡樹下的每頂帳篷在晨曦裡蒙上了柔和的色調，我那小小臥底帳篷在幾家大戶的圍繞著，陽光斑駁地落在了五顏六色的篷頂，炊煙裊裊，香味撲鼻，多麼溫馨的一個早晨。早餐還分中、西式兩種，西式咖啡奶茶、法國羊角麵包、蛋糕；中式有地瓜粥、八寶粥、稀飯醬菜、豆漿、蔥油餅、煎餃子，豐富的很。下午茶也很講究，各地的精緻茶葉相比，加上不同的茶果、蜜餞配套，到第三天臨走時，我初略地算了算，我一共吃了五、六十種食物。散隊前的結算，營地費加上伙食，每家才付五十元！！我因臥底，身分特別，居然被他們全免了費用。歡度國慶，以美國的方式──露營，以中國的內涵──美食佳餚，真是想喊「萬歲！」，大家臨走的最後一件事，就是預約下年。

艾頓・莊寫給女人的歌

　　認識艾頓・莊（Elton John）的歌是在一九九七年，那年，他為紀念戴安娜王妃而錄製的「風中的殘燭」（Candle In The Wind）風靡了全世界，而我，在這首歌中沒也少流下為戴安娜而悲的眼淚。

　　艾頓・莊是英國著名流行樂手、作曲家和鋼琴家，是流行音樂史上最成功的獨唱歌手之一。在一九七〇年代，艾頓・莊是搖滾樂的最主要的力量之一，他的唱片在美國唱片榜上連續七次登上第一位就是其佐證。他以鋼琴為基礎的音樂，使鋼琴在吉他主導的時代得以立足，他的歌聲也響徹了樂壇經久不衰。

　　作為同性戀藝人，誇張的衣著和個性化的舞臺演出、糾纏不清的私生活誹聞和在音樂方面的特殊天分，使艾頓・莊成為一個音樂史上的傳奇，而他寫給的女人的歌更在這個傳奇上添上了浪漫的一筆。如寫給瑪麗・夢蓮的歌和寫給他前妻的「今夜有人救了我」（Someone saved my life tonight），其實這位在艾頓・莊自殺的時候挽救了他性命的女子，只和他維持了短暫的婚姻。在這些歌中，他寫出了對女性的真誠理解和女性命運無奈呻嘆，從中看出艾頓・莊細膩的情感。而我最喜歡的是他寫給一個蘇聯女軍官的歌「娜基塔」（Nikita），不僅歌詞真摯感人，旋律哀怨婉轉優美，這首歌的背後還有一個動人的故事：那還是在上個世紀六〇年代冷戰期間，當時的蘇聯政府請了為數不多的西方音樂家訪問了莫斯科，披頭四還有艾頓・莊正在其中，艾頓・莊一眼就鍾情於做保衛工作的軍官娜基塔，金發碧眼的娜基塔當時負責指揮著一隊祕密員警監視艾頓・莊，不讓他接近蘇聯觀眾，在這種

情況下，艾頓‧莊即便是綿綿情意，也不可能有機會向她表達。多年後，當艾頓‧莊得知娜基塔被調柏林圍牆駐守時，趕到了西柏林，希望可以有機會傾訴自己的感情，在白雪飛舞的柏林城牆下，隔著鐵絲網，艾頓‧莊只能在遠距離用相機留下娜基塔的倩影，這時他再也憋不住，把自己多年來思念對方的心情盡情一歌：「我看見你站在圍牆邊，你那世界的一角很冷，我是這樣的需要你，我不知道擁抱你的感覺有多麼的美妙。不知你是否有讀過我給你的信，有否在夢中見到我，那一群士兵把你圍繞，娜基塔，你從未瞭解我的家鄉，如果那一天真的可以來到，槍枝和鐵門不能再把你困住，不要猶豫，勇往直前，到西方把朋友找。」（歌詞大意）當然，這一段單戀無疾而終，不知道是否因為太多對女性的的失意影響了他的性取向，這又給艾頓‧莊浪漫的傳奇蒙上了一層神祕的色彩。

　　後記：「Nikita」這首歌，我用來作社區大學大考的作業，和我搭檔的伊朗同學，很有創意，我們先讓班上的同學聽三次此歌的錄音，一邊填充歌詞，然後在黑板上公布正確答案，但是他們要作拼字遊戲，最後再播放此歌的MTV，我們的作業完全達到了老師的要求；同學參與並發生興趣，達到熟知歌曲和作者背景並能牢記的目的！那次考試我們倆得了高分。

莊周蝴蝶夢（上）

　　七月十二日，灣區著名的飛揚藝術團在聖荷西加利大劇院上演大型舞蹈話劇《莊周蝴蝶夢》，有幸和該劇的總導演，中國著名導演，前北影表演系主任林洪桐教授同車前去觀摩，為我們開車的是該劇的副導演曾寧。林教授告訴我，這次選擇《莊周蝴蝶夢》就是為了引發觀眾對我國古代道家崇尚自然學說的關注，在演繹的形式上，也是首次將舞蹈、音樂劇和話劇交融一起，創造了視覺和聽覺完美的新穎結合。也是林教授多年的夢想。

　　林教授是一位創新的人，不久前在灣區上演的另一出黑色喜劇《高跟鞋和領帶》也是他導演的，用他自己的話來說就是：「因為不想重複自己，總想讓航船開向那未開拓的彼岸。」

　　莊子一生主張「修身養性，清靜無為，順應自然，追求精神逍遙無待。」他淡泊名利，拒絕了楚威王要他參與國事的邀請，一直過著深居簡出的隱居生活。《莊周蝴蝶夢》把他生前的一段奇事搬上了舞臺。

　　《莊周蝴蝶夢》的故事大概如下：「莊周離家修道十年，回家後才知母親在三年前已為他娶了一位年輕貌美女子田秀為妻，但其實莊子根本無意女色，所以他想方設法地避開嬌妻。不久楚王孫應楚王的委派，前來邀請莊子出任宰相，卻驚艷田秀的美貌，誤以為田秀乃莊子之女，鍾情於她，得知身分後失望而歸。莊子在旁察言觀色，決定試妻。他詐死後變成楚王孫的模樣來追求田秀，兩人情意相投。忽然楚王孫舊病復發，急需人腦做藥救急，田秀救人心切，居然開棺想取莊子的腦子，莊子只能還原現身，道出因由，田秀羞憤自盡。在陰間，判官卻認為田秀採用死

者器官救人，先進於二千年後的今天，判她還陽，與楚王孫彩蝶成雙，莊子見此，快樂地遨遊而去。」

　　《莊周蝴蝶夢》有二十多段舞蹈、四十餘首音樂和大量的對白組成，如何讓舞蹈演員開口說話，如何讓話劇、音樂和舞蹈融合並產生獨特的魅力，林教授和飛揚藝術團的編導們面臨著巨大的挑戰。

莊周蝴蝶夢（下）

　　沒想到林洪桐教授如此有信心讓舞劇表演者開口說話，這可不是一般的說話，舞臺劇的對白，不僅要咬字清楚，還要有力度和表現力。況且這些舞蹈演員根本沒時間接受必要的訓練，但林教授信心十足。這也不是沒有原因，超過五十年的演藝教學生涯，他的學生桃李滿天下，其中有超過五十位做了明星。最近因在《金婚》這一電視連續劇飾演蔣文麗而獲「最佳女主角獎」的蔣雯麗，就是林教授的學生，林教授至今對這位得意弟子感到非常的驕傲，他回憶起往事：「那天蔣雯麗還沒走出考場，我就告訴她，我們一定會錄取她的。」他說，好的演員不是會演，而是要真正成為這個角色的人物。好的導演就是要挖掘和發揮演員自身的才能潛力，這次，在一開始，他就告訴所有要開口說話的舞劇演員，只要照著他的話去做，一定行！果然演員不負他望，各個表現出色，可以說具有話劇演員的功架，而且因為有了抒發劇中人物內心活動的對白後，幫助了觀眾更好地瞭解了劇情，也享受了如詩的語言魅力。

　　由於各方面條件的限制，這麼大的演出，只有一次實地彩排的機會，簡直令人難以想像，從舞臺燈光調節和置景、道具的擺放、音響的控制、演員的走臺，就只有一次合成的機會，而且就在正式演出的前兩個小時。我真為他們捏了一把汗。因為所有臺前、幕後的參與者，都是那天早上才到達劇院，沒有一個是全職做這個工作的，生疏的環境，時間的緊迫，都是導致各種狀況出現的因素。演出的早上，我有幸坐在林教授的旁邊，領教了這位演藝導演的大將風度和功力！他手拿著對講機，同時指揮著臺上

的演員，樓上的燈光，身邊的音樂合成和解說，在最後彩排中進行各方面的調節，我看著看著，看出了飛揚藝術團是一個擁有很多大型演出經驗的，具有紮實專業基礎功底的藝術組織，他們的舞蹈編導姚勇非常鎮定地在彩排時就坐在臺下指點，雖然時間緊迫，但他們都表現得從容不迫。

正如林教授事先預測的一樣：那神奇的音樂，如詩的舞姿，夢幻的境界，把一流的戲劇舞蹈完美的結合了，演出獲得了巨大的成功！我的評價只有兩個字：感動！在沒有商業利潤的情況下，如果沒有對藝術執著的追求之心，沒有對宣揚藝術熾熱的感情，是不可能會有《莊周蝴蝶夢》，演出也不會成功！在彩排時，聽到有嬰兒的哭聲，原來是女主角揚洋還在吃奶的兩個月大孩子，離不開媽媽的孩子，只能由爸爸帶著來到了劇場，這齣的成功也有他們倆的功勞。男主角劉興久年近六十，是吞了止疼藥上場的，但在舞臺上卻根本看不出他的年紀和病況，瀟灑的舞姿、字正腔圓的對白、正義的形象，把可敬的周莊演活了。演出結束後，他卻疼得蹲在了地上。

謝謝《莊周蝴蝶夢》給我們平淡的生活帶來了亮麗的光彩，我們更期待著下一次美的聚會。

領帶和高跟鞋

　　《領帶和高跟鞋》是灣區華藝社最新上演的一出黑色幽默戲劇。有幸和朋友一起去觀看，兩個多小時的演出，觀眾掌聲笑聲不斷，原來並沒有抱著很大期待的我，著實被這齣劇感動了。

　　《領帶和高跟鞋》所表現的故事，就是我們生活的一部分，裡面的角色，也就是我們身邊的鄰居、朋友和同事。故事開始以四個麻將臺上的老友的對話，帶出了他們對並不美滿的現實生活的投訴以及他們對理想生活的嚮往，原來造成他們現實不美滿和阻撓生活理想化的都是他們的另一半——他們的太太，也就是女人！劇情的發展，這四個老友都直接或間接被他們的女人害死了，在陰間，他們決定下一輩子再也不做男人了，因為他們發現只要再填一張「轉世紙」，就可以任意決定自己下一胎的人種、性別和地區，而且他們也把做女人的煩惱，例如燒飯、懷孕的問題給解決了。在劇情的發展中，他們果然按照自己的意願轉世做了女人，生活很自在，做飯找外賣，家務有機器人，懷孕方法更多，可以用母牛、母猩猩做代母，甚至複製嬰兒。可是那四個老友還是不快活，他們認為，引起不快活的原因也是自己的另一半——男人；其實不然，是他們的性格，是對生活的祈求使他們得非所望，因此失望。這就是《領帶和高跟鞋》給我們的啟示。

　　編劇沈悅是我們讀書會的文友，劇後我們一起分享體會，她說領帶和高跟鞋區分了性別，也代表了對男女的一種束縛，大家都會有這樣的體驗，回到家的第一件事，就是趕緊把高跟鞋踢到一邊，或鬆下領帶，那只不過是領帶和高跟鞋對身體的約束，其實在我們的心靈上也有類似的精神枷鎖。我很贊成沈悅的觀點，

在我看來，領帶和高跟鞋分別是男女在職場上社會上的一種身分象徵，如果沒有盲目地對待這象徵，或沒有止境地索取，那麼，領帶和高跟鞋給我們帶來的只有痛苦。

如果說領帶們和高跟鞋們沒有很好的互動會給自己的生活帶來麻煩，那麼他們對死的恐懼會讓生活更愁雲滿布，死並不可怕，這是這齣劇帶給人們的另一個信息。沈悅有資格說這句話：「死並不可怕。」因為她曾面臨過死亡，她得過乳癌而且復發過，眼前的她，仍充滿著生活的活力，精神奕奕地享受著每一天的美好時光。

五、知識

掌握知識對於一個人來說是不夠的，
應當善於使知識不斷發展。

——歌德

學歷史減少知識盲點。

用國旗求救

　　最近有多宗野外不幸遇險的事情發生，其中一宗是金氏家庭在野外迷路又遇到大風暴，最後父親徒步去求救而喪身的慘劇；另一宗是三位登山愛好者失蹤後被找到屍體的不幸故事。令人關注的是，這兩起事件的當事人，都是被認為有野外活動經驗的人，可見具有野外活動經驗，並不代表他們具有緊急情況的應變能力，因此他們依然未能逃脫死神的魔爪。這可能是因為他們得到的多數經驗都來自於普通天氣的日子，就算是曾經遇到過天氣驟變的情況，那也不是每一次都會相同，這不禁使人覺得有必要多強調提高危急意識的重要性。

一、首先當然是要盡可能的避免意外的發生，例如避免在天氣變化多端的季節去野外，出海和去偏遠的地段活動，不要在陌生的環境中采取走快捷方式，尤其有老人孩子同行時，千萬不要偏離主要公路，這不是膽小，因為生命只有一次，不顧自己，也要考慮別人，甚至為來救助的人著想，每一次意外發生後，拯救隊所面臨的困難和壓力要比當事人多得多，如果每一次計畫野外活動的時候能夠想一想可能會發生的後果，那麼肯定這個計畫就會比較詳盡和有效，人身安全也少了一份危險。

二、告訴周圍的人你要去的地方和途徑，哪怕是一次隨意的爬山，因為這樣便於有意外發生時，人們容易確定搜索的範圍，在最短的時間內施於援手。

三、準備充足的水和食物，一些救助藥品，及一些必要的工具，例如小刀、電筒甚至是火柴，買一個現成的救護箱

是最好的方法，因為那些都是根據專業人士的建議而設
置的，這樣可以在意外發生的時候，可以儘量的維持生
命，等待救援。

四、怎樣求救，是危急意識最重要的部分。要盡快、盡早的
讓人們知道你身處險境，最要緊的是製造一個非常明顯
的目標，這個目標越大越好，越耀眼越有效，尤其是在
野外，或是深山密林，或是天氣惡劣，用不上現代科技
技術如電話、互聯網的時候，可以根據不同的環境，製
造不同的求救信號，如在山上野地，可以用火堆、煙
霧、煙火來引起人們的注意；在雪地，可以用燒焦的樹
枝劃上SOS的信號；在海上，可以掛起白色的布條或者
衫褲來求救，甚至可以把美國國旗倒掛，在任何場合，
只要人們看見國旗倒掛，就知道這是一個求救信號，當
然，能隨身挾帶信號槍，那是最好不過的求救工具了。

總之，在駕車旅行、登山、滑雪、沖浪等運動和活動之前，
多想一想可能會發生的問題，小心駛得萬年船。俗話說，不怕一
萬，就怕萬一，任何以前的經驗都不能擔保下次不出意外，保守
好過冒險，勇敢是好事，但要看值不值得，還有什麼事情比家庭
幸福更重要的呢。

救命英語

　　一家在費城的餐館決定取消多種語言的菜單，而只用英語的菜單，引來了種族歧視的風波。站在顧客的角度，有時即使懂得英文菜單上的詞彙，也未必知道這道菜式材料或是風格；可在餐廳經營者的角度，即便是提供了多種語言，也未必會滿足多種移民的需求。而且他們覺得，既然在美國生活，不管是哪一種人類，都應該要懂英語。

　　在美國生活，究竟需不需要懂英語？答案當然是必須的，不過也並非必然。在紐約曼哈頓的街頭，聽不懂一句英語的中國小販，照樣把生意做的紅火，每月賺得錢可能比有的大學博士碩士生還多。我的第一任房東夫婦，不會說英語，移民美國後沒有多久，就能在舊金山靠著自己的收入，買下了一棟房子，勝過許多美國人。所以在美國說英語，也要看有沒有這個需要，也因為這個原因，許多中國人移民美國後，缺少學英語的動力，這是可以理解的，因為學了也用不上，尤其是在中國人社區裡。

　　下面是兩個因為不懂英語而使自己的生命受到危害的真實故事，從中我們可以懂得英語的重要性究竟在哪？

　　一位在曼哈頓送外賣的中國人，不幸被困於一棟高樓的電梯裡，因為有關當局的官僚操作，也因為他不懂得英語的求助語言，被困在電梯裡長達四天，幾乎把命都送掉。四天裡，他反覆地念叨：「no good, no good…」（不好了，不好了），希望人們聽到後來救他，在中文意思中，不好了的潛在意思，就是發生了什麼意外事情了，可是美國人絕對不會把no good和help（救命）聯想起來。

幾年前的萬聖節，一位日本留學生在去聚會的途中迷路了，他下車走向路邊的民居尋求幫助，主人走出門外，對著他叫到：「freeze」（不準動，站住的意思），他不懂，繼續向前走，結果被一槍打死，魂斷異國。在日常生活中，freeze這個單字經常用到，尤其是當員警在截停車輛和行人時。所以說，英語的重要性，不在於說得有多流利，而在於學一點常識性的簡單英文單字。

我的學校——圖書館

　　圖書館早已經成為我們生活的一部分了，這是人人皆知的事實，不過圖書館對我來說，意義更不尋常，它是我的學校，一生的學校！從在上海讀小學二年級開始到成年後進入香港的理工大學，這漫長的二十多年期間，因為種種原因，我無法在正規學校裡接受正統的教育，而圖書館卻彌補了這巨大損失，所以今天我依然可以做和在正統教育培養出來的人所做的是同樣的工作。從上海到香港，或是現在的美國，無論到哪，無論在哪生活，只要有圖書館，我就會信心無比。

　　說來有趣，在我一生中，開刀無數次，但我並沒有什麼怨言，因為只有躺在病床上，就可以肆無忌憚的躺在那兒看書，看多長時間都不會為自己的懶惰而愧疚。尤其是香港，圖書館外借書是有限制的，每次六本，而且也不像美國這樣方便，車子停在圖書館外的停車場，借多少都不用擔心搬不動。所以我每次住醫院，最開心的是，醫院有流動圖書館送書到你的床邊，方便之極，舒服之至，令人感嘆。

　　在舊金山灣區定居後，先後搬過數次家，每次都對家附近的圖書館戀戀不捨，不過每一次都為發現下一間圖書館的優越之處感到雀躍，現在的這一家成了我的最愛，那是Cupertino圖書館。這家圖書館不僅藏書量多，主要還是一個非常好的閱書地點，寬敞明亮舒適的環境，更使閱讀成了賞心悅目的樂事。不過我喜歡這一家圖書館還有另外一個原因，在它設置的還書處，有一個大抽屜窗口是專為捐書者而設，凡是你想要處理掉的書，或者想跟更多的人分享的書，只要往這個視窗裡一扔，願望就可以達成。

　　家裡的書架，永遠有一些擱置的書籍，可能是因為沒有時間看，也可能買回書後才發現裡面的內容和當時以為的不同，失去了閱讀的興趣，也有的書沒有重讀的必要，與其是擺在書櫃上鋪塵或是擺門面，倒不如讓書流通起來，讓更多的人受益，這也不辜負寫者的一番心血。

書的價值

　　一直抱怨自己非常缺乏想像力，以致寫不出《哈利波特》，也沒有《哈佛女孩》作者那般福氣，人財兩得。說句實話，我連「賣字為生」的境界都達不到，難免有時會懷疑「書中自有黃金屋」這句話是否具有欺騙性。

　　有一天接到從外州來的電話，是剛搬家不久的乾女兒妮莎來的救急電話，問我能不能再寄我寫的書給她。我覺得很奇怪，因為知道她不可能看我的書，她不懂中文，在我的刨根問底之下，她才招供，原來她要我的書是為了換取食物。

　　妮莎十七歲就當了媽媽，而且一生就不想停，連續生了五個孩子，全都是男孩，十多年過去了，他們家就多了五個食物焚燒爐。妮莎和她的孩子們，都酷愛自助餐，尤其是中式的，他們可以在那裡吃上幾小時，也不會覺得肚子飽，你想哪個老闆會歡迎這樣的食客？當妮莎發現在她居所旁邊的中國餐廳的女老闆是中國人的時候，就把我的書當作「供品」獻給了女老闆；果然，他們成了餐廳歡迎的貴客，而且還有免費餐供應。當然，我不介意我的書能為孩子們帶來美食的機會，不過問題是，我的寫作速度，插上翅膀也趕不上他們進食的速度。我只能從箱底掏出多年的存貨，才不至於孩子們失望。

　　一個中國下崗的失婚女人，為了女兒的將來，在婚姻介紹所的撮合下，嫁給了一個美籍墨西哥人，誰知到了美國，那個墨西哥人不願意為她申請綠卡，還揚言要把她送回國內，無親無故的她不知如何是好，正巧在圖書館發現了我的一本書，於是她打電話，通過出版社，找到了我，希望我能為她做些什麼。當然除了

讓她知道一些基本的美國法律常識之外，我根本就幫不了她，而
且我也不贊同以婚姻為跳板的行為，不過她卻感激涕零地表示高
興有人肯聆聽自己的故事。

　　從這兩件事，我似乎悟出了道理，不管出自什麼目的，人們
需要書，這就是書的價值了。

善用互聯網

韓裔同學和丈夫爆發冷戰，互聯網是罪魁禍首，因為成了冷戰的工具。整整三個星期，夫妻倆沒有說過一句話，實在需要交代的兒女事務和倆人的爭執，都是通過互聯網傳遞的。不要以為這樣一來家裡沒有了硝煙味，但是冰冷的氣氛足以使人窒息，韓裔同學連聲說，以後寧可大吵一頓，在也不敢再用互聯網這個電訊魔鬼了。

好友打來電話，先是喜訊，女兒被一家著名的公司面試後錄取，近期就要上班了，所以想請吃飯；但還未到赴約的那天，就傳來了壞消息，那家大公司改變了主意，因為他們在互聯網上發現了女孩在自己的my space（類似博客的網站）開玩笑，被認為行為不夠檢點，不符合該公司形象，就通知女孩不用去上班了，看來這個玩笑真是開大了。

其實，從互聯網進入家庭之後，不乏發生了許多令人擔心的問題，未成年孩子好奇偷看不雅網站，影響了心智的發展，網戀更令許多人失去了冷靜的頭腦，因此而起的罪行時有耳聞。是否互聯網真的好像洪水猛獸？當然不是，互聯網只不過是現代人生活工作的一個工具，就是沒有了互聯網，生活中的矛盾依然存在，社會上的罪案也會照樣發生；但是，只要我們能夠善用這個工具，一樣可以發揮很好的效果。我老公是美國人，經常把對別人的讚語掛在嘴邊，我們東方人比較含蓄，不會無緣無故地當面稱讚別人，所以有時候我就利用互聯網送上一、兩張現成的電子卡，讓他也有心花怒放的時候。對於下一代，有什麼意見和建議的時候，也儘量通過電子郵件向他們提出，可以避免面對面時下

意識露出的家長式教訓口吻，讓他們在心平靜氣的情況下至少可以看完你處心積慮的想法，也有一個讓他們思考的機會。

　　至於自己設立的網站，更要小心，你在公開的平臺上面一言一語，都會被認為是你的個性思想的流露，所以不能掉以輕心。

　　好奇地問韓裔同學，他們的冷戰何以結束，她說接受了丈夫發來的電子郵件的邀請，一起去見婚姻顧問，她丈夫倒不是怕冷戰，落得耳根清靜，但是三個星期沒得吃太太煮的美味食物，他的胃提出了嚴重的抗議。看來，這一場夫妻之戰，確確實實用錯了武器，太太應該一早就用鍋鏟威脅丈夫：「你服不服我？否則沒得吃。」丈夫肯定投降在冷戰之前！

人人都要去露營

　　我並不是露營狂熱者，但我卻堅持每個人都應該，起碼去露營一次！原因我們現在都在提倡危機意識。我們身處的加州，尤其是警訊不斷，地震、森林大火，頻頻發生，居民被迫撤離或放棄家園，即便不是次次有人員重大傷亡，也造成了日常生活的困擾。由此可見，一旦毀滅性災害發生，最要緊是給自己找個臨時的家，一個有著生活基本需要用品的，能遮風擋雨，可以保護自己私隱的庇護所，那就是平時出去露營時的帳篷了。露營的帳篷並不貴，幾十元美金就有交易。當然單有了帳篷並不夠，還要買齊在野外度日的設施和用品。例如氣墊床或是折疊床，煤油燈和電筒或其他簡便的照明工具，和可以煮食的氣體爐和簡單的爐具，因為我們中國人不習慣長時間吃冷的食物，尤其是家裡有老人的，這幾樣東西是必須的。

　　我們生活在一個生活物質非常豐富，居住條件優越的環境裡，熱了開冷氣，冷了燒火爐，可是在野外，沒有電力，冷了怎麼辦，熱了往哪裡逃，你是怕蟲爬，還是蚊子咬？半夜方便在哪裡？所有的答案都不是可以想像得出的，也不是看書或聽人介紹得到，因為每個人的標準不一樣，每個人的要求都不同。其實，以上的問題都有答案，直到你有了一次露營的體驗後。選擇在那紮營的地點直接影響日間的冷熱，是背山靠水還是在大樹下，門朝南還是門朝北都有講究。不管你營紮在那兒，晚上都非常冷，我們灣區早晚氣溫相差二十多度，怎樣渡過寒冷的夜晚，可以多穿衣服，也可以戴頂帽子，對女人來說，最好買一種可以自熱的熱敷袋，只要用手搓一搓，就可以熱八小時，晚上貼在腰間，非

常舒服！晚間上廁所是另一種挑戰，加州的露營地都有廁所提供，但有時要走一截路，如果是意外發生時露營，那未必在附近有廁所，有人會說，在野地哪兒不能方便呀，錯了，曠野有野生動物出現，也冷得讓你打哆嗦，更重要的是，我們都是文明人吶！

最近一次露營，我見到有人做了可以遮三面的爐頭透明擋風板，可以折疊的，非常好，如果材料用的好，還可以當砧板用來切菜。我建議每家應該準備一個箱子，不用太大，只要可以裝載露營的必須裝置及各人不同特殊用品，可以放在花園或其他合適的地方，容易尋找和提取。其實露營蠻好玩的，是人類最接近大自然的時候了，睡在帳篷裡，晚上透過小小的窗戶看星星，早上鳥鳴叫你起身，有了一次露營經驗後，你不會再懼怕沒電的日子，你也不怕狂風雨暴，因為你已經懂得怎樣來面對，你已經懂得生存的技巧。真的災難來臨，你會從容不迫地拖著箱子離家並招呼全家人：「我們露營去！」。

警車驚魂

　　響著警號的警車不屈不撓地在鬧市區向著前面一輛白色的轎車逼近，車頂上的紅藍兩色燈忽幽忽幽地閃著，開車的員警好像生怕動靜不夠大，還搖下車窗，打開擴音器，大聲嚷嚷：「這是員警，員警命令你馬上靠邊停車！」這樣的畫面在警匪片中出現最多了。以前我一看到電影中這樣的場面，心中就會產生一種快感：快抓，快抓，把壞人全抓進去！而這次在聖荷西市中心發生的這一幕，那被警車追趕的不是什麼壞人，正是本人！

　　原本應該是一次美好優雅的約會，我和一位朋友約了很久，好不容易才湊到了時間，去聖荷西的一家餐廳吃午飯。她以前和自己老公去過，我是連那家餐廳什麼模樣都不知道，但一看地址，覺得心有成竹，因為是第一街，以前我老公帶我去第一街另外一家餐廳吃過。誰不知，第一街很長，我以前到過的地點是雙向道，這一次去的卻是單向道，加上我這人有嚴重的方向不明缺陷，所以導致了此次不幸事件。

　　算是在去之前作了功課，打電話給餐廳，把橫街豎街的名稱搞清楚，還有號碼全部寫在了紙上，可是一進入市中心，就覺得要找看街上商鋪的號碼很有難度，因為人多、車多、店多，車速又不能減慢，也不能靠邊停車，就這樣一路開一路看，等發現了號碼，已經過了兩條街了。不怕往回開，因為是單行道，不能掉頭，只能轉橫街再轉橫街，就這樣轉了幾轉，我就分不出東南西北了，連左右都搞混了。結果把車開入了反方向的車道，對面車的司機大呼小叫的：「快倒回去！」好像有人事先通風報信似的，一輛警車就停在了那條街上。當我手忙腳亂地在狹窄的路上

倒車時，警車已經開上來了，員警沒好氣的對我說：「退出去之後，找個地方停下來。」我當然不敢違抗，可是一看兩旁好像沒有什麼地方可以讓我停車的，所以只能往前開，還是沒地方停車，正好前面有停車場，我一踩油門就到了停車場的門口。大概是看到警車跟著我，門口那傢伙就是不放行。員警趕過來了，下車對我說：「你去停車場幹嘛，退出來，就在前面馬路邊停下。」我再次倒退，這一次馬路邊空空的，但仔細一看，地上寫著巴士專用，心想，咱可不能知法犯法，而且我知道這罰款單不便宜呢，所以我又往前開，這時就發生了文章開頭的那一幕。

　　我轉到橫街，停了下來，員警氣不打一處來：「你跑什麼，員警要你停你偏要跑，你想幹什麼！」我說：「巴士道不能停呀。」他說：「員警讓你停哪都行」。這真是頭一回聽說。員警瞪眼了：「怎麼可能不知道，學開車的第一堂課就是學這個！把你的駕駛執照和保險單拿來！」我心理嘀咕著，可能罪犯訓練班第一節課才會教這樣的事，學開車的還不被嚇得不敢學了呢！他把執照還我的時候問：「你這是第幾次在市中心開車？」我說：「是第一次，可能也是最後一次了！」「要記住，當警車的燈亮著的時候，員警被附予了權力，要你怎樣就要怎樣。」可能是因為我說了是最後一次來市中心，他口氣轉為憐憫了：「你說的餐廳我不知道，但可以告訴你怎樣去到那條街。」我的頭搖得像波浪鼓：「求你做做好事，告訴我怎麼離開這個鬼地方吧，我想回家了！」回家的路上，忽然發現，他沒有給我罰單呢，聖荷西的員警真帥！

開車的辛酸

　　自從發生了警車驚魂事件，朋友們紛紛慰問，有人替我捏了一把汗，說她一個在洛杉磯的朋友也因為員警叫停而他沒有馬上停，最後員警把槍都拔了出來了。也有的讚我臨危不亂，沒有聽員警瞎指揮朋友。他的哥哥曾有一次以為員警叫停馬上就要停，結果停在了紅線，員警給了他兩張告票。總之，這次雖然受了驚嚇，但人身和財產都沒有受到損失，朋友們分析下來，說可能是沾了女人的便宜；但移民美國後，所吃的車苦頭，雖然沒有水深火熱中煎熬那般嚴重，夜深人靜時，思前想後，還是覺得滿腹辛酸。

　　就拿考車牌來說，那次我是信心十足的，隨知車還沒有出DMV呢，就被考官叫停了。出停車場的時候，在路旁的花叢中，有一個墨西哥男人背向著路，在大聲和另一邊的人說話，我已經提高了警惕，但車不能停下來等他，也沒有辦法跟他打個招呼：「小心，你身後是車子的出入口。」說是遲那時快，那人說完話，居然不回頭看一看，就倒退到路上了。我急忙煞車，那人非但不感謝，還指著我說：「你想殺死我呀！」考官立馬宣布我考試沒通過，因為觀察力不夠敏銳！這真是沒天理，應該發告票給他才對呀！

　　還有一次，我從舊金山國際機場去雷諾，把車停在山景城的火車站，這樣可以坐火車去機場，省下在機場的停車費。隨知回程飛機嚴重誤點，到了舊金山，火車早已停駛了，第二天早上在山景城下車後，我可傻了眼，天啊！火車站變成了農夫市場，我的車不見了！我在市集的人群中穿梭著，終於在一個完全不

顯眼的地方看到了一個小小的告示牌：星期日八AM到一PM不準停車，違者的車將被拖走！我根據上面的電話號碼打了過去，原來是警察局，對方很簡單的一句回話，過來拿車吧！到了警局，我解釋了原因，他們根本不理，說有什麼委屈以後可以找參議員或是法官，他們只管收罰款！付了罰款，還拿不到車，只是拿到了拖車公司的地址。出租車的司機一看拖車公司的地址還恭喜我說，你一定是初犯，好多人要去另外一個城市才能拿到車，以示懲罰！原來是想省幾十元，現在倒好，要付幾百元，而且又不是我的錯！想想在香港居住時，巴士、小巴、火車、出租車、地鐵，什麼車沒有。在上海，街上隨手一招，出租車就在身邊停下待命，哪受過這份罪呀！可再想想，人家美國也沒有用槍逼著你在這兒住，逼著你學開車呀。所以第二天起來，把湧到喉嚨口的辛酸又吞回去，牙關一咬，還是要開車上路！

創意

　　很喜歡收集蠟燭臺（candle holder），其中有一個是我的摯愛，寶藍色透亮的細瓷器，做成彎彎的月牙形狀，月牙的一頭是底座，可以放一個小蠟燭，造型非常別致兼有詩意，自從買來後一直放在床頭。記得有一次，替報紙副刊編一則有關失眠主題的專題文章，我還特意拿這個做道具，拍了一張意境照片，床上枕頭高束，床邊茶几上，一杯水，一個打開瓶蓋的藥瓶，月牙燭臺燭光的閃耀，敘述著失眠者的苦惱。文章出版後，自我感覺還是不錯的，因為月牙燭臺終於派了用場。原來在現實生活中，我一直不敢真的在床頭點上蠟燭，怕一不小心打翻燒著被子，這也是我的遺憾。不過最近發現在市場有電子小蠟燭出售，開關控制，還可以更換電池，最有趣是做成火燭形的小燈泡，點亮後也會一閃一閃，多麼有創意的發明，即安全又環保。從此月燭臺不再寂寞，每晚隨著音樂伴我入睡。

　　買花送花，是生活中的平常事，千篇一律的包裝，大大束，總讓人有點眼花撩亂，花到了手裡，如果不懂得插花，或是沒有合適的花瓶裝載，反而會表達不出鮮花的絢麗及意境。最近看到花店裡出售一種非常反傳統的帶花瓶的禮品花，不再是一大把綠葉配色彩繽紛各式花，單色花一打打上，而是三五朵即可。花瓶也設計的非常有心思，扁扁的，透明的長方形玻璃缸，玫瑰花五朵一排錯落有致的平插在玻璃瓶裡，沒有刻意的鋪排，紅花綠葉清水，一目了然，簡約的美，卻有點意味深長，和諧雅靜。而且不似傳統的插花，花枝在花瓶中，花朵全在外面，而是花朵花枝花葉全在瓶中，遠看像是一個工藝品，極具裝飾性；近看，感受

自然和人工的巧妙結合，觀賞性極強，放在家裡或辦公式裡哪都行，探病賀喜皆相宜。

　　有沒有留意到最近孩子們腳上的襪子，有了新變化，以前，襪子的花款設計不外乎兩款，一是全通花圖案，二是只在腳踝兩邊有圖案，而今年的新設計，卻令人欣喜，卡通圖案覆蓋了整個腳面，給了穿短褲短群涼鞋的孩子們多了露美的機會。真的讚美那些產品設計師，怎麼會有那麼多的巧思，有一點是肯定的，他們密切注意著生活中的細節，然後把自己的構思，通過美學觀和實用性來體現，還要通過市場的檢驗。這可能也是為什麼有人說「應用美術」要比「純粹美術」考慮的東西要多得多，而創意是每一件作品的靈魂。

　　產品需要創意，生活更需要創意。幾年前，還是在紐約曼哈頓街頭體驗生活寫書的時候，看到滿街都是藝術家，凡是黃頭髮的藝人，他們出售的作品各有自己的特色，但是中國人的作品從形式手法都大同小異，所以中國人只能以鬥低價來吸引遊客。其實中國人的餐廳也是如此，餐廳的菜單上，幾乎可以看到中國八大菜系的菜式全在上面，少有幾家有自己的特色。我說的特色，是人們一提到某家，馬上會聯想到某些菜式非去那兒才可解饞的那種，好像沒有，所以中餐館，除了比菜式全不全，就都只能比價錢便不便宜了。有人把這種現象歸罪於中國人缺少創意，自己想不出什麼新道，只能抄人家的，抄來的東西怎樣才能打敗人家原創的呢，價錢便宜是唯一可行的辦法。我沒有去深入研究個中的因果關係，但覺得生活的確需要創意。

　　記得還在香港念大學的時候，一位教授就曾苦口婆心的規勸我們這些在工作之於還在想著如何提升自己的學歷，一個階梯一個階梯向本職的最高地位往上爬的學生。他說：「各位，你們

都是部門甚至是公司的經理了，有無想過就算是被你們做到了總裁，又怎樣，一個公司合併，你的位子就沒了，那你怎麼辦？去其他的公司搶人家的位子？為什麼做人做到怎樣死板，把自己的一生捆死在一種職位上。」

教授自己就很出位，他不僅在業餘時間開出租車，還去菜市場嘗試當菜販，他說前者讓他熟悉了城市的環境，自己開車時省了不少油錢和時間，後者讓他懂得了經濟學如何在一個街市的應用，同時他也不怕在和大學續定合約時討價還價了，因為通常我們失去了一份工作，會說，再找一份，其實答案有很多種，例如，自己做老闆，或是創造一份工作或是進修等等。

前些日子因下大雪，我又再次被困雷諾賭城，心想自己真黑，事先安排好的在灣區的採訪也不能如期進行。沮喪之間，老公倒提議我借此機會去各大酒店住住，一來放鬆一下自己，二來說不定可為自己的旅遊專欄找到題材。這真是一個不錯的創意想法，因為節日過後的冬季，雷諾的各大酒店就以極低的價錢吸引本地人，而且各賭場也降低賭註的籌碼，有的甚至免費教客人賭錢，這是我們這些賭機愛好者下海的好時機了！果然，這次被我以二十九元（高峰期要二百多元）一晚的特價住進了雷諾新開張的五星級的酒店，不僅為旅遊專欄提供了第一手數據，自己也確確實實享受到了一些新玩意。在公在私，都開心不已。

人生走的並不是一條直線，如果要走的順暢，那就千萬不能死板，多動腦子，可能會化險為夷，或者給你些快意，說不定還會為你帶來財富。就如同都是賣火鍋，小肥羊的創辦人在別人還在偷偷地去他人的店竊取醬料的祕密時，他卻別出心裁，不用醬料，打破了幾百年來吃火鍋必須沾醬料的習慣，至今他的連鎖店在全世界有七百多家了。

　　生活並不是一成不便，所以我們需要創意。最近油價高漲，大家怨聲載道，一位美國朋友從網上傳給我一些怎樣省油的創意主意，內容不乏美式幽默，有的可能可以作為未來新科技的藍圖。

機場是吾家

　　香港電視新聞報導：媒體在香港國際機場發現有人長年居住在那兒，把機場當作是自己的家了。有一個男士，據說在機場居住有年頭了，新聞記者跟蹤了他，並觀察了他的作息時間，發現還蠻有規律的。除了睡覺在長凳上，殘疾人廁所成了私用的盥洗室，機場的咖啡室則是他的辦公室，免費的上網服務讓他可以縱觀世界大事，當然處理私人業務也未嘗不可，至於三餐的方面，在方圓十哩之內，可以吃盡天下美食。新聞記者還發現，還有一家人住機場的呢。

　　好萊塢有個電影《The Terminal》，是湯姆‧漢克斯（Tom Hanks）主演的，說的是來自一個小國家的他，來美國辦點私事，誰不知，在他登上飛機離開祖國後，自己的國家被顛覆了，所以抵達美國後，海關不讓他出境，因為他沒有了身分，也不能遣返他，因為國家沒有了，他也回不去了。只能在禁區內活動的他，一句英文都不會說，身上帶的錢也不多，可想而知的困境。正所謂天無絕人之路，他居然在禁區內找到了工作，而且是現金交易，漸漸地，他也會說英文了，從他衣服的變化可以看出，他賺得錢還不少呢，影片是以喜劇結尾，他終於等到了國家收復了政權，歡天喜地的回家了。

　　說來也巧，最近我也在機場過了夜，有一些自己的體會，也來說幾句吧。那次飛機晚點，趕不上原定計畫之內的火車了，三大理由支持自己在機場過夜；一、燈火通明，安全。二、有吃有喝，方便隨時可以。三、人來人往，不覺孤單。我稍稍動了一下腦子，就搭機場火車來到國際出發區域。因為舊金山國際機場

有許多國際航班是半夜起飛的，那裡比較熱鬧。果然，雖然夜深了，有些餐廳還在營業，我挑了一個有長沙發椅子的餐廳，要了一個便當和一杯加大的飲料，準備把一本讀了幾個月都讀不完的小說幹掉，可能是飯氣攻心吧，翻了兩頁書，人突然想伸直，我猶豫了一下，生怕會毀掉自己的淑女形象，心虛的抬頭像四邊望望，嘿，不用怕，早就有人先過我，各占一椅，蒙頭睡大覺了。當然她們不是什麼無家可歸者，能斷定是在消磨轉機等候的時間。我有樣學樣，把隨身挾帶的小包往頭下一擱，大衣往身上一蓋，兩腳一伸直，別提多舒坦呢。迷糊的時候，只聽到機場的喇叭隔一會就會放上一段注意安全的資訊，除此之外，後半夜沒什麼其他動靜了，所以那一宿倒也高枕無憂。早上，被一陣濃烈的咖啡味把我激醒了，也只不過早上五點多鐘，但是許多餐廳已經開始在作準備工作了。而之前和我作鄰居的，都不見了蹤影，想必是早已在藍天之上。我趕緊去梳洗梳洗，然後施施然的走回來，要了一份早餐，繼續讀我的小說。這時機場開始多人了，餐廳裡也有不少的顧客。我還是沒時間讀完我的小說，因為一看表，要去趕第一班火車回家了。

黑色的風情

　　有一位作家說過：「如果女人到了連衣服都不愛的時候，就真沒救了，不是正在鬧離婚就是該去看心理醫生了。」話是不錯的，我的好朋友，任某大公司高層的俞麗，正是處在這個階段，她天天黑一色，因為丈夫的外遇令她火冒三丈，公司的重組讓她心煩意亂，哪還有心情來打扮；可偏偏她的位置，公關經理，白天的會議，晚上的應酬都必須認真對待，服裝禮儀不能有閃失。

　　不過我認為天天黑色也沒有什麼不妥，因為黑色是經典的流行顏色，在社交的穿著上也較不容易出錯。所以在白天的正式上班著裝中，黑色的形像色彩安全專業。黑色成為晚宴服的常用色系，因為帶出一種神祕且端莊的感覺。可以說，黑色服裝雖然不可愛，但很討巧。尤其像俞麗的境況，對於自己的穿著配色暫時發揮不出想像力，不妨考慮以黑色系為主的衣著，無論什麼場合都適用。

　　如果在黑色為主的衣著上善用各種單品配件，也可以搭配出獨具一格的時尚風采，至少大大減少黑色的沉悶感。耳環很提氣，黑色的套裝配上金色圈環，或是銀色的長型條的耳環，都頗具時代感。一條設計簡單但顏色斑斕的腰帶，或是領間點綴的小花絲巾，一樣可以風情萬千。戴上一串彩珠，別上動物胸針，盡顯內心的活潑，不要小看這些飾物，可以為天天的黑一色帶來新鮮感。

　　穿出黑色的休閒風情也不難。一件圓領黑色無袖棉織衫亮相，這種服裝因為無領，給人一種隨意感；因為無袖，給人一種嫵媚感；加穿一雙高跟尖頭鞋，走路時顯盡婀娜多姿的一面，把

女性最自然的美態展露無遺。

晚禮服選黑色低胸性感的拖地裙，轉身一淺笑，不用媚眼就能放出電，因為女人有詮釋各類衣服的那種與生俱來的能力，簡潔素雅一樣穿出個性。

俞麗的黑色的風情給她帶來了意想不到的結果，有了男士追求，新老闆的賞識，而兩位男士對她留意，正是從她的天天黑一色的開始。男朋友認為，黑色都蓋不住俞麗的女人味，她是真的女人；而老闆覺得，俞麗能把危急巧妙地藏在黑色裡，正是公司所需要的機靈聰穎的公關人才。

悲劇的細節

　　維州理工校園槍殺案震驚了全世界。這是一個悲劇，無論從趙承熙的家庭和美國社會來說都是。為人父母的人都有體會，撫養一個孩子是多麼的勞心勞力，好不容易把孩子送入了大學，眼看要出頭了，孩子卻犯下了滔天的罪行，並自殺身亡，可想而知他父母悲痛會是如何的慘烈，造成的心靈創傷永遠都不會平復。而且他們移民來美國的目的，就是為了改變孩子異於常人的個性並希望得到比在韓國更好的生活，可是結果呢，偏偏孩子殺了人，三十多個人，在終身背負著如此沉重的十字架的情況，即便他們已經有了很好的物質生活，但能活得開心嗎？

　　對於被趙承熙殺害的無辜的人們的家庭，和整個美國社會來說，這個無妄之災，給人們心靈造成的傷害，要比任何天災帶來的衝擊都兇猛。究竟是什麼造成社會不安全的呢，是大量新移民的流入，給社會架構帶來了不穩定的因素，還是槍械的開放造成的後果？悲劇發生後，人們把重心都放在了討論這兩方面上的原因。這是兩個很大的題目，牽涉到立法問題，即便是真的有了結論，也不是短時間可以解決的。但在這起悲劇中，有兩個細節我們不能忽視，如果我們能從這個被忽視的細節中記取教訓，或許今後會避免同類的悲劇再發生。

　　從報紙上得到的資訊，兇犯自小就不愛說話，看來好像是有自閉症的徵狀，所以他的父母移民美國的決定還是正確的。在美國，有很好的醫療保健制度，尤其是對孩子，任何有語言障礙的孩子，那怕是開口說話晚，或者咬字不清楚，只要向當地政府機構申請，有關部門會視情況而派出治療師上門或是提供特別學

校的教育服務的;但是可惜,他的父母並沒有這樣做,反而認為美國人是開放的,兒子到了這個社會,也會改變。自閉症是一種病,如果得不到專業的治療,不可能自癒的,而且,在和自己的個性格格不入的環境裡生活,病情越變越糟糕,更會轉化成精神問題,最終導致悲劇的發生。

另外一個細節是他去買槍時,即便手續合法,但他畢竟是一個學生,那售槍給他的商人,為什麼沒有疑問,一個住在校園裡的學生要買槍?根據法律,任何人不得帶槍進入校園之內,而趙承熙向他出示的住址正是大學的校舍,如果他能在售槍後實地打個電話給校方,讓他們關注一下,可以防止到悲劇的發生,因為趙承熙精神有問題已經是有紀錄的,這個電話應該會引起校方注意的。

對自己周圍的人和事要有警覺性,尤其是牽涉到公眾安全的事務,放任不管是極其不負責任的態度,解決不了的難題就去請教專家和有關人士,為自己,為他人,為社會增加點生活保險係數,這些是我們在這起悲劇中應該得到的教訓。

好醫生

　　怎樣才算是一個好醫生？人們喜歡用「起死回生」、「妙手回春」和「華佗轉世」來形容醫道精湛的醫生。其實，好醫生除了醫術精湛之外，醫德更為重要。醫生的起死回生的技術，還是要看病人所得的什麼病，醫病的時間和病況而定，如果真是絕症，那麼華佗轉世也會束手無策。所謂醫德，就是看醫生是否能站在病人的立場，運用自己的技術，幫病人最快和最大限度地恢復或接近原有的生活。

　　去年的聖誕節前夕，我先生的背傷突然有惡化的現象，主治醫生Dr.Lettice說如果不是馬上進行手術的話，可能神經線會受到牽連，到時後果不堪設想，我們很信任他，他雖然是保險公司派來的，但是在先生工傷後的幾年裡，他一直無微不至的給予最好的治療和復健，並沒有像有的手術醫生那樣，為了自己的利益（手術醫生就是靠開刀賺錢的），催病人開刀，而是先嘗試其他療法，在病人有了心理準備，病情發展到萬不得已的情況下才作手術，他還懂得病人的心情，主動答應一定會在聖誕夜讓我先生出院，和家人歡度聖誕。

　　手術在去年十二月二十日進行了十個小時，術後轉去了深切治療室（CPU），為了病人得到更充分的護理。聖誕前夜，Dr.Lettice不顧已是假期，開車一個多小時到醫院，為我先生的出院又作了一次詳細的檢查，在出院書上簽了字，並再三叮囑有需要可以隨時打電話找他。在先生康復期間，為了能讓他減少長時間臥床帶來的煩躁，所以他和保險公司交涉，為先生買了一張價值一千多元美金的復健沙發放在起居室裡，這樣先生可以靠在沙

發上看電視，玩計算機，活動範圍大大增加，心情好多了，康復進度自然也加快了。

幾年前，香港醫生不顧長期深受疼痛折磨的我的強烈要求，因為怕承擔風險而拒絕為我作髖關節換置手術，我來到美國求醫，因為是旅遊者的身分，手術和住院費貴的驚人，光是住院費每晚高達六千美金一晚，所以我向替我作手術的Dr.Mont提出了一個十分苛刻的要求，想在手術後的第三天飛回香港，我並沒有期望他會答應，因為在香港，同樣的手術病人需要臥床一個星期，而在美國這家醫院也沒有先例。出乎意料，Dr.Mont考慮我在美國人生地不熟，而回到香港可以馬上住進康復醫院接受很好地復健治療，他不僅同意了我的請求，而且讓他的治療小組為我定製了一份非常詳細的計畫和許多在路上要用的輔助設備，連飛機的坐廁低於病人的要求都考慮在內。Dr.Mont並力排眾議，在航空公司額外要求的醫生擔保書上簽字，這意味著如果在路上發生任何事情，航空公司和我都有藉口控告他。

醫生可以為了病人的需要，而擔起他並不是必須要承擔的責任，這樣的醫生在我眼中，不僅是好醫生，更是英雄。

醫生的話

　　常說要聽醫生的話，因為醫生都是為了你好，可並不是絕對。堂哥的脊椎多年前就出了問題，疼痛不已，還直不起腰來。醫生說要開刀，用螺絲把脊椎固定，那麼問題可以解決；還說，手術後一個月就可以復原，手術後兩年過去了，疼痛依舊，腰也越來越彎，有時走路甚至要曲膝。去問醫生，醫生無動於衷，說是他的脊椎病變是由上到下，所以沒有辦法，只能是這樣了。幸虧他轉去看了另一位專家，曾經幫我先生開刀的Dr.Lettice，他的意見，馬上要手術，否則在一年內堂哥需要坐輪椅，原因是上一位醫生的手術不旦沒改善，反而加重他的病情，螺絲上的都不是地方，這次還要把它們全部取出來。如果聽了以前那位醫生的話，白吃了苦頭還不算，差一點變終身殘廢！

　　從小有腳疾的我，在上海做的一次踝關節矯形手術後，醫生並不是把腳固定後上石膏，而是綁上石膏繃帶後由幾個醫生再用力按著大腿扭來扭去努力去矯正，從那以後，我的髖關節痛的不行，想找醫生拍片子看看，醫生卻說這是正常現象，其實是髖關節脫臼，如果當時及時發現，不消兩分鐘就可以復位。等到終於有機會拍X光片證實的時候，關節早已磨損不堪，需要置換人工關節！

　　不幸的是，我再次聽信了醫生的話，因為這是香港公共醫院的整個醫療小組，他們說：你還年輕，現在的疼痛能熬就熬，因為每一個人工關節的壽命只有十年，且最多能換二次，假如你有八十歲的命，你不想在最後的幾十年裡坐輪椅，甚至連輪椅也不能坐！等到你實在疼的受不住了再做手術。我忍著非一般的疼

痛，過了三年，失去了工作，不僅越來越疼，並牽涉到背部、肩部，那是因為身體無法平衡造成。這時我深思了：連現在的日子都過不下去了，還考慮將來幹什麼，況且我也未必會有八十歲的命。主意已定，要求醫生開刀，同是那班醫生，卻食言，說不會給我動手術，因為覺得我肌肉疲軟，曾經得過小兒麻痺，手術後會造成脫位，他們斷言，在香港沒人敢做這個手術。可以想像當時我的心情，難道我的命運是要被病痛折磨致死不成，如果醫生不肯，或是認為不可能給某個病人做手術，為什麼不在最初病人求診時告知呢？

好在我來了美國求醫，香港醫生的種種顧慮在美國醫生眼裡都是多餘的，他們甚至納悶為什麼我要千里迢迢去美國開刀。手術的當天我就感到平時疼痛不已的髖關節特別舒服，第二天就能下地，三天過後搭長途飛機回港，至今五年了，疼痛不再，行走自如，後悔的是，當時就應該尋找其他的醫生，徵求意見，會少吃很多苦頭，也不會丟了工作。

有的醫生為了錢不惜說假話，這樣的人不是很多，但確實存在，也有的醫生不是存心騙你，但出於某些原因，自保或是知識不夠、經驗不足，甚至面子問題，他們的話並不全面，或是對病人不利，所以說，醫生的話要聽，但不是單聽一個醫生的，而是要聽多個醫生的話，然後自己才能做正確的判斷。

賑災的薺菜餛飩

　　說起上海的特色小吃，當然很多，有兩樣東西包你吃了過後不忘，薺菜餛飩和蔥油麵。薺菜又名地菜、護生草，是人們喜愛的一種野菜。人們吃的是它的嫩葉，愛它那種特有的香味。早在西元前三百年就有薺菜的記載。在上海郊區開始栽培，至今已有差不多一個世紀的歷史，是上海特有的一種蔬菜。記得還在香港居住的時候，有次回上海，居然買了十斤薺菜，浸在浴缸裡，洗淨燙熟，然後用塑膠袋裝起帶回香港放在冰箱裡慢慢吃。可想而知，上海人熱愛薺菜的程度。

　　蔥油麵的做法是把青蔥切段入油煎至蔥黃發焦，此時蔥油色澤深紅帶黃、蔥香濃鬱、聞之即可增食欲，然後淋澆煮熟的麵條，滋味鮮美，滑爽可口。上海人都以會做這兩味為自豪。最近聽了一個感人的真實故事，在四川地震發生的時候，有一位在矽谷的上海人陳美蘭居然用了這上海特色小吃為四川災民募捐到了一大筆款子。

　　陳美蘭來美國已有二十多年，和絕大多數留學生一樣，大學畢業，工作結婚生孩子，但是她一直沒忘家鄉的美食，一有機會，她都會時時露兩手。四川地震了，和每一個中國人一樣，陳美蘭想方設法地想為災區出點力量。美蘭是在一家有五、六百名員工的藥品公司工作，她在取得公司的同意後，決定義賣午餐來為四川募款，五隻薺菜餛飩、一碟蔥油麵各賣五元美金。她一個人買了十包薺菜加肉做餡，帶去公司，在另外五位同事的幫助下，包了幾百隻餛飩，另外她又做了四大盤蔥油麵，因為公司有很多同事是吃素的。

　　公司很支持她的行動，除了一早發郵件通知各部門之外，還在顯眼的地方張貼了告示。那天還特地提早了午餐的時間。美蘭開了三個爐頭，燒湯燒水下餛飩。來買賑災午餐的人很踴躍，她的大老闆派秘書來買了四碗餛飩，流水線的工人居然送來了二百元的支票。印度同事們吃完了蔥油麵，又再來買。好多同事吃著餛飩，邊讚美邊奇怪，通常在中國餐廳的都是蝦肉餛飩，從沒見過這種蔬菜，所以紛紛來打聽。

　　那天，美蘭居然為四川的災民籌到了一千六百多元！而自己只用了九十元的食材費。一千六百多元，在百億、千億的賑災捐款裡可能會不起眼，可在上海弄堂小吃出身的薺菜餛飩和蔥油麵從未想到會出現在美國大公司的食堂飯桌上吧，身價也爆升。用家鄉的美食為祖國做了一件好事，一舉兩得，多麼聰慧的美蘭。最近，我有幸吃到了美蘭做的薺菜餛飩，正宗的上海口味，又鮮又香，好吃得不得了！

自助湯店

　　上星島中文電臺節目「關芯一點」作嘉賓，談秋天的湯水；
這是每月固定在最後一個星期四上午：十一點十分至十二點的空
中美食節目。每月根據季節的變化有不同的主題。踏入初秋，按
照傳統的說法，秋天物候乾燥，人體就需要滋潤。所以，眼下季
節適宜多喝具有滋潤肺腑的湯。

　　根據烹調手法，中式湯大致可分為三類，滾湯、煲（煮）
湯，又稱老火湯和燉湯，其中滾湯最省時間，把水煮沸後，加上
蔬菜肉類等湯料，再行煮滾一下，就可調味上碗飲用。營養和鮮
味都不錯，不過也有人嫌其寒涼而不夠清潤滋補。至於煲（煮）
湯，總是要經過二、三小時慢火煮熬，才算煲好，一般來說，肉
類都要原件入鍋，先煲二小時，才撈起肉來切成大塊，放回湯中
再煲一小時，此外還要留意是先把水煮滾了才下煲湯材料，還可
加些藥材之類同煲。燉湯，是用燉盅隔水來燉的湯菜，燉湯的肉
類要預先氽水，洗淨瀝乾，燉盅要上蓋，封上紗紙以免燉時有水
蒸氣流失。一般燉湯都用一些名貴的食材。

　　西式湯類本身分為以牛肉熬成的黃色上湯（STOCK）；以
雞、豬肉等熬成的清色上湯（BROTH）和以魚類熬成的白色上
湯。常見的西式清湯，是利用牛骨煮成的「湯底」臨時加上配料
製成，以蛋白使之產生澄清透明效果。還有忌廉湯、菜湯、蓉湯
等多種濃湯，比方「周打魚湯」便是用忌廉湯底，加上切碎魚
肉，湯上放些蘇打餅乾碎製成。菜湯的湯底則以茄膏（西紅柿
醬）煎香後，放進湯裡煮融，配以各種蔬菜香料。

　　小時候生活在上海，喝湯講究「鮮」，移居香港後，褒湯講

究「補」，現在美國，也上了年紀，為了健康，喝湯不能太跟隨自己的口味喜好，也不能補的太厲害，所以，不論是中湯還是西湯，都是以「適合」為準則。

不過，湯的製作在一餐飯菜的準備中，是頗費功夫的一部分，如果有哪位商人肯開一家湯水自助店，供應老火湯、藥膳滋補湯、本色湯、原味湯、蔬果湯等等應有盡有，一定有你最想喝的那碗湯，隨要隨有，還可以設置預定的燉湯。我想生意一定會很好，所不定還可以開連鎖店呢。

六、生命

聰明人警告我說：生命只是荷葉上的一滴露珠。

——泰戈爾

生命在於不斷地運動。

活得精彩——陳逸飛

　　無可厚非，他是一位偉大的畫家。早在上世紀的六、七十年代，他創作的《黃河頌》、《占領總統府》和《度步》，為他奠定了學術地位。他的作品被中國美術館做為國寶收藏。八十年代在美國獲得藝術碩士，他以小橋流水，青磚綠瓦水鄉周莊為題材的作品，不僅在美國捧紅了自己，也帶紅了展出他作品的曼哈頓哈默畫廊。畫廊老闆甚至把他的作品《雙橋》．送給了鄧小平．一九九一年，在香港太古加士得秋季拍賣中，他的油畫《潯陽遺韻》以一百三十七萬港幣成交，創下了當時中國油畫賣價的最高紀錄。一九九七年，《罌粟花》以三百八十九萬，再創中國在世畫家作品的最高紀錄。

　　可是，又不能用畫家這個字眼在陳逸飛的名字後面做為批註，太狹隘了。他在世時，已經廣泛涉足了電影、時裝、環境藝術、建築、傳媒出版、模特經記、時尚家居等多種領域，而這種種領域對他來說，卻是一個概念，那就是視覺藝術。

勇氣

　　上海延安西路長峰中心十九樓，逸飛集團總裁的辦公室。

　　寬大的落地玻璃窗，辦公桌上文件疊疊。陳逸飛隨手拿起兩份文件遞給了坐在他對面的我，一份是逸飛服裝各地銷售表，另一份是英國瑪勃洛畫廊催他要畫的傳真。

　　他真的有勇氣！他的勇氣在於他敢於放下已有的成就，去尋找零的突破。在事業的巔峰狀態的時候，從哈默畫廊走向瑪勃洛

畫廊，為的是要做第一位簽約於這個當今世上最有權威畫廊的東方人。

他真的有勇氣，他敢於涉足傳統上和畫家沒有任何關係的服裝、電影界，此舉，被從事畫布藝術的人看作是叛逆者，被電影服裝界的人當做了入侵者，人們議論紛紛諸多不滿。

對於自己成了一個有爭議性的人物，他卻笑了：「媽媽生我下來，並沒有在陳逸飛的名字後面用括號括住畫家兩個字呀！」

一個人有了錢之後，除了買豪宅，坐遊艇之外不能幹點別的嗎？

他追求的是自己的理想，大視覺主義．動機很簡單，讓周圍漂亮一點．原理也不複雜，從他的眼睛看，服裝、媒體、畫布都是一脈相承的藝術。

一個藝術家既然可以把對美的感覺放到畫布上，為什麼不能把對藝術的悟性放進生活，放進和生活有關的一切事物中呢？

衝勁

上海泰康路，陳逸飛畫室驚堂對面的休息室。

陳逸飛靠在寬大的沙發上，咪著眼，聆聽著從一套價值不斐的音響器材中飄逸出來的音樂。突然，他誠懇地對我說：「知道嗎？我很能負重，我習慣把一切放在心理，累了，就到這來放鬆、休息。」

我問他，為什麼要像個火車頭一樣，拖這麼車卡。他反問我，你們香港的李嘉誠不是也是這樣嗎？我想說，香港的李嘉誠有著一套班子為他服務，我還想提醒他，連美國的總統都有一個顧問團。可是我沒有出聲，因為陳逸飛不會按常規出牌。沒有太

多顧忌，沒有太多的考慮，他告訴過我，自己常常是想也沒有想好，一隻腳已經跨出去了。他習慣埋頭走自己的路，沒有時間去考慮將來成功與否，只是執著地去嘗試，他要證明的只是「我可以做」和「我做了」！

他覺得商業策劃源於日常的生活，舉例來說，每天你如何穿衣服，就是一個策劃。

他做了很多，為了令自己安心舒暢，任生意做的大，卻從不向銀行貸款。

他做了很多，泰康路文化街的形成，就是他引進了曼哈頓SOHO的創意，把泰康路原有的舊工廠和貨倉變成藝術家的畫室，他率先在那兒創造了自己的藝術天地。

他把國外HOME的概念帶進上海市場，在「新天地」，這個老石庫門房子開了一家「逸飛家居」的商鋪，嘗試讓美走進普通老百姓的家居。

中國的出版事業還未有開放，但他參與製作的雜誌，不僅在視覺上給人另眼相看，廣告商也紛擁而至。

不可否認，他衝勁很足，而且一衝到底。

認真

在陳逸飛涉足的眾多領域中，最惹來紛爭的是電影和模特兒公司。

有人說，他根本不懂時裝，根本不在行電影。

他告訴我：早年，當人們還被灰藍色包圍的時候，他感嘆美麗的色彩全部來自海外探親者那挾帶的藍紅色條子包（俗稱蛇皮袋），從那個時候起，他就立志要自己設計服裝。他對美是認真

的，他要由自己親自挑選的模特兒穿上自己設計的服裝，也就是那麼簡單。

他告訴我：把攝影機當作畫筆，只不過是想知道從一個畫家眼中看出來的鏡頭是怎樣的，由一個藝術家指導出來的電影又是怎樣的，就是那麼簡單。

簡單歸簡單，他對美是相當認真的。報載，他在片場注意每一個細節，哪怕是演員腳上的鞋子，都要親自過問。對於他的認真，我深信不疑。

記得一次他派司機接我去新天地，在他的豪華座駕裡，我卻發現了兩本書。一本是中國油畫小作品集，另一本是美國社區大學制度的探討，他一直對辦學是耿耿於懷的。看來，他對自己投入的一切，並不是玩票，更不是急功近利，他對美的認真，來自他從小對美的盼望。曾問他：畫過這麼多美好的畫面，那麼他自己腦海中最深刻的生活畫面又是什麼呢？他望著遠方，深沉地說：「小時候，在樓梯口，等著爸爸帶上影畫報回家。」

陳逸飛走了，走的是那樣突然。

有人感嘆，新買的大別墅，他還沒有來得及住過，其實這並不是陳逸飛要的生活。他走的太早，太可惜，不過，生命不是以長短定論，而是以質量來定奪。陳逸飛的一生已經做了其他人要用幾生才能做到的事，我們實在應該向他的生命鼓掌喝采！

讓他們自己選擇活法

　　最近看了斯琴高娃主演的電影「世界上最愛我的那個人去了」，感觸良多，聯想到這樣的問題：怎樣對待自己的家人，是讓他們按著你的意願生活還是以他們的需要為準？影片中，斯琴高娃扮演的一位有名的作家，因為工作社交繁忙，所以把日常照顧母親的職責交給了小保姆，當一次母親得了重病，被醫生斷定活不多久，除非老人可以自己多運動，才能延遲生命後，女作家頓感母親的重要性，親自安排老人的日常生活，確保她自己的事情自己做，甚至買來了運動器械，操練老人。可惜此時的老人病入膏肓，並早已習慣依賴小保姆，所以根本做不到女兒的要求。一個連起床上廁所都要人攙扶的老人，哪能上得了跑步機，最後竟然在一次下床時跌倒昏迷，就這樣去了。女作家是孝順的，因為她想自己的母親活得更長久，為了這個目標，她不惜把自己如火如荼的事業放在一邊，全身心的照顧母親。不過她也是自私的，令自己的母親在最後日子裡過得很慘，過著完全不是自己想過的日子。

　　還有一位我認識的老人，不幸得了晚期腦癌，在海外的兒女也十分孝順，想盡辦法延遲她的生命，甚至在她陷入深昏迷，醫生宣布放棄時，他們仍然堅持用藥物維持生命達一、兩個月，病房送不進，就在急診室裡待著，可憐老人大、小便失禁，全身浮腫，面目全非，成了一個被人指指點點的怪物，完全沒有尊嚴，如果她還有知覺，她是否會同意這樣的延遲自己的生命？但是她的兒女們認為，只要媽媽還活著，自己就感到安慰。其實這也是一種自私的行為。生命有長有短，我們不能控制，但我們可以掌

握生命的質量,而生命質量的標準是以活著舒服自在為基礎,而且需由當事人說了算。如果違背了當事人的意願,任憑你的主觀想法再好,也不可能起到什麼作用,達到某些目的,因為你沒有為對方而設想。

以前在香港的時候有一位鄰居,多年獨身,後來在上海娶了一位小家碧玉,鄰居非常愛老婆,因為她在香港無親無故,所以丈夫什麼都幫她安排,衣食住行,無一例外,非常周到。丈夫以為妻子會感激不盡,但妻子卻無法適從,後來竟得了憂鬱症,多虧做丈夫的吸取了教訓,不再以自己的主觀思想行事,而是真正的替對方設想,知道了太太並不在乎物質生活,而是需要社交活動,不久他們搬回了上海長住,太太如魚得水,夫妻恩愛,小日子過得非常紅火。

有句俗語,好死不如賴活,但不是每個人都這樣認為。我對生命的看法的是:「活得舒坦、活得自在、活得精彩,死也要死得痛快!」

兒子（上）

　　還清楚地記得我成為母親那天的情景。那天是我的生日。已經超出了預產期二十天了，在待產室也有三天了，這小子還不肯出來見世面。前一天醫生已經發現胎兒心跳加速，所以決定剖腹產。誰知打開了腹腔，任醫生怎麼掏，他也不肯出來，醫生只能用產鉗把他給鉗了出來，折騰得太久了，被鉗出來的他沒有哭聲，在手術門口剛接到生了個大胖兒子好消息的他爸爸，又被醫生要求在新生兒病危的通知書上簽字。終於在小兒科醫生全力搶救下，他活了過來，醫院手術紀錄上，卻清楚地記載著：「他曾經腦部缺氧十分鐘。」

　　學過醫的朋友告誡我，兒子很有可能變成傻子，直到他進了幼兒園，我才把一直懸著的心放回老地方。兒子對自己出生時的波折不屑一顧，說：「哪個大人物出生時不驚天動地的！」當時，我心頭一喜，兒子，可千萬往那條路上奔吶。可是後來卻發現，兒子甘當小人物，他把每一條可能通向光明前途的大道都給堵得死死的。

　　學跆拳道，每一次晉級都非常順利，可就在考黑帶的前夕，他宣布不考了，非但不考，連拳都不練了。我苦口婆心：「你就把黑帶考出來，做人總要有個目標。」他說「當初你要我學拳，是為了防衛，在校車上不怕被人欺負，現在我也不坐校車了，也沒興趣打拳，還有必要去考黑帶？」

　　兒子從小愛畫畫，而且是趴在地上畫大幅作品，他作畫的過程被一家大出版社作為教材收錄，他的作品不但上報上電視，還獲得澳洲一家博物館的收藏，連續三年在香港國際少年兒童繪畫

比賽中得獎，最後一次還是亞軍，那可是現場比賽，現場評判。拿了亞軍後對我說的第一句話就是：「這是最後一次參加比賽了，我已經不喜歡畫了，而且也有一年時間沒畫了，再參加比賽就是騙人了！」

學鋼琴，根本沒有興趣彈練習曲，為了我隨口說得一句「等你能彈『少女的祈禱』了，就換一架好的鋼琴」，他就找來了琴譜拚命練，可我的意思是那個程度，並不指單一的曲子，至今他還認為我當時是欺騙他。

在新西蘭上高中的時候，連跳兩級數學還能名列前茅，大學的入學考試雖然通過，可看到他帶回家的複習課本，真想暈過去，本本都和新的一樣，他大概連翻都沒有翻過；「兒子，你要是稍微加一點油、用一點功，獎學金不就是囊中之物了嘛！」兒子大吼一聲就把我的善意提醒給反彈了回來：「你去考考看！」

人說，兒子是女人唯一能盡情玩耍於掌股之中的男人，如此說來，我是一個非常失敗的女人！

兒子（下）

　　在母親路上一路走來，數不出有多少次我們母子能坐下促膝談心，火星撞地球的鏗鏘聲卻沿途不絕。我覺得他不夠努力，他更看不慣我沒進步，思維還停留在過去的年代，聽的、唱的、談的、看的都是數十年不變。

　　兒子唯一肯點頭的是我的廚藝。他想學做我的拿手菜「青椒炒土豆絲」，還不讓我進廚房，等了很久還聽不到鍋鏟聲，我把頭伸進了廚房，好傢伙，土豆皮被批得天上地下的，好像剛炸開了一個土豆地雷。他還在砧板上努力地想把圓碌碌土豆弄成絲狀，我接過他手中的刀，隨著「達達達」一陣有節奏的響聲，一堆整整齊齊細細的土豆絲出現在他的面前，我說：「兒子，這是你媽用了二十多年時間練出來的功力！」那一次，終於被我捕捉到他眼神中不自覺流露出的那一丁點的敬意。不能否認，兒子是我一生的動力，回想起來，他有意無意的隻言片語，卻促成了我的事業。

　　他剛上幼兒園的時候，有兩份工作可以讓我挑選，一是在一家診所做兼職，另一份是在一家新開張的酒店當前臺接待員。前者工資不高，但有充足的時間照顧家庭和他，後者是一份不錯的職業，但必須輪流上早、中班，我心裡猶豫著，就去問兒子的意見，他非常堅決地說，當然去酒店工作！這一去，我從接待員做到經理，成了香港專業管理協會的一員，並完成了大學課程，移民美國也是靠得這個專業背景。

　　兒子十四歲的時候離開家去新西蘭讀高中，開頭三個月，我非常擔心：一是兒子性格內向，有什麼事不會向人述說，二是怕

他把中文給忘了，所以那時候，我每天寫一封信給他，五花八門
什麼都寫，有時候還把香港報紙上的時事報導剪下來，旁邊寫上
我自己的看法和觀點，目的是讓他在消遣之餘，也要懂得不能隨
波逐流。三個月過後，學校放假，他可以回港，出乎我意料，之
前他給我打了電話，說是謝謝我給他的信，他全部收好了會帶回
家，最後他說：「我覺得你可以成為一位專欄作家。」今天，他
的預言真的實現了！

　　當我為新辦的一份雜誌的名字傷腦筋時，他很快就提出了自
己的建議，很出位，只用一個字──《品》，我非常猶豫，但因
實在也沒有更好的選擇，就試試用吧！想不到很多專業人士，包
括作家、出版人都非常喜歡，就這樣雜誌順利地上路了。

　　人說，培養孩子是一生中最大的工程，至今覺得慚愧，二十
多年來的功力只可以把兒子養得高高大大，這輩子我能傳給兒
子，他也願意接受的，恐怕也只有「青椒炒土豆絲」了。

　　不過在茫茫人海中，我們倆能成為母子是一種緣分，所以其
它的也不必再去計較了。

祖父二、三事

　　祖父離開我們差不多十幾年了，我還能清楚地記得他的模樣，高高瘦瘦，長長的臉，雙眼奇大，特別突出的眼球，使他在微笑時似乎仍在瞪著你。祖父很愛潔淨，就是在家族最潦倒的時候，也是永遠梳洗得乾乾淨淨，穿戴得整整齊齊。他最愛穿一身長衫，外披一件大襖，總顯得那麼瀟瀟俐落。

　　我從小就怕祖父，雖然他從未打罵過我們，但他立下的種種規矩，實在使我們無所適從。自幼我們不能坐椅子，只能坐小板凳；吃飯時只能吃大人夾在面前小碟子裡的菜，喜不喜歡都要吃下去。最怕的還是爺爺找我們談話，「痛」說家史，因為一談起碼就是一、二個小時。期間你要是坐不住，朝鐘瞄上一眼，那可糟了，他馬上會搬出一大堆古人忠孝的故事，把你訓得頭都抬不起來。有時我實在急了，也會鬥膽問一句：「爺爺，我有事，可不可以下去了？」他會朝你瞪起眼睛：「急什麼，再說五分鐘。」可十幾個五分鐘過去了，他還沒說完。最讓我們頭疼的是他硬逼我們學家鄉湖南話，但幾十年下來，我們說得最標準、最流利的湖南話，就是「請爺爺、奶奶吃飯了。」那是因為我們住的是一幢三層的新式裡弄房子，餐室在底樓，而祖父母的臥室卻在三樓，每當開飯，我們必須上樓請老太爺下樓入座才可以動筷，而他老人家一定要聽到入耳的湖南話才肯挪動玉步。雖然我們老大不願意，但總不會和自己的肚子過不去。

　　祖父也有疼愛我們的時候，經常買些東西給我們吃。尤其每年暑假，我們每天最開心的時候，莫過於吃過早飯，和弄堂裡小朋友們聚集在自己家的樓下，仰頭大叫「爺爺，爺爺，快點扔喇

叭花下來。」隨著我們一遍一遍的呼喚，爺爺把自己種的喇叭花灑向我們，那全是些外國名種的花，色彩繽紛，飄飄揚揚，小夥伴們你爭我奪，歡呼聲充滿著整個弄堂。

不可否認，祖父在外的人緣特好。平時他一出現在弄堂，只要弄堂裡有人，你就會聽到叫他「爺爺好！」的聲音時起彼伏。不僅在弄堂裡，在我們住的那條馬路上，只要提起聶老先生，無人不知，而且個個會豎起大拇指，因為他做的好人好事實在數不過來。的確，爺爺對我們聶姓小輩要求頗高，但對不姓聶的（包括他的媳婦們、家中保姆、工人等等）卻有著博愛的一面。鄰居有人生病，是他送往醫院；店鋪失火，是他解囊相助。他可以脫下身上的棉衣，給一個孤兒披上；也可以讓出自家的房間，讓一個鄰居得以成婚。我記得很清楚，每年過年，一大清早第一個來向祖父拜年的總是以前在我們家拉黃包車的阿四，直到阿四去世，他的婆娘代替了他的位置。爺爺逝世後，我們在他房間裡設置了靈位，遺像前的鮮花一個月沒有斷過，花瓶從一個增加到四個，前來弔唁的人絡繹不絕。街坊們不僅對著遺像深深行禮，許多人還流下悲痛的眼淚。

文革後期，家中最好的房間全被人搶占了。至此，祖父把自己關在小臥室裡，從此不再出來，直到他去世，足足七年。這一段時間，他把我們折騰得更厲害了，尤其是奶奶，因為要跑上跑下傳達他的旨意。只要樓板響起那有節奏的敲擊聲，奶奶就會中斷一切活動，一天下來不知要跑多少回樓梯。更有甚者，他會從三樓窗戶縫裡「監視」我們的行動。一旦跟我們的「匯報」有出入，一場「審訊」持久戰馬上就會展開。

祖父給我最深切的印象，就是他那說不清，道不明的民族意識，這不僅從他平時的言語中帶了出來，而且他甚至用自己的性

命來捍衛。八十四年，他不慎從樓梯上摔下來，我們把他送入了華山醫院急診室，醫生要他拍片檢查，輸液觀察，都被他嚴正拒絕，並當眾嘲笑西醫的學術。我們要他注意影響，他一扯嗓門：「怕什麼，鄧小平來了，我也是這幾句話！」他那寧死不屈的精神，逼得我們連夜把他抬回了家。

祖父過世後，卻使我有機會認識到他人性的那面，那是我幫奶奶整理著他平日裡不許人碰的床鋪，在枕頭下面有著三個信封。我拿起其中一個，是在香港的姐姐，他的長孫女抵港後寫給他的信：「親愛的爺爺……我總記得小時候您帶我去杭州靈隱山小住的情景，您幫我捉小鳥，煮牛奶紅茶給我喝，什麼時候我們再一起去杭州……」，記得姐姐去香港時，爺爺不肯跟她握手道別，因為我媽媽走的時候，爺爺跟她握了手，從此人就沒再回來。第二個信封裡裝著十元錢，並夾著一個小條子，上面抖抖地寫著幾個字：「近來你太辛苦，這錢是給你的。」很清楚，這是爺爺寫給奶奶的。因為他一直不出門，所以只留了十元錢在身邊，可以說這是爺爺全部資產，沒人知道這小條子是什麼時候寫下的。最後那個信封裡裝的是他前兩年寫下的、不知給多少人看過的遺囑：「身後不要通知親友，不要開追悼會。」當時我們全不以為意，但沒想到他是認真的。

祖父走了，帶走了他的威嚴、他的固執，留給我們的卻是他的庇佑。也不知是他的民族意識不再壓在我們頭上，還是他老人家的墳地風水特別好，他的子孫大大小小幾十口，現在百分之九十幾都在彼邦順利地扎根、開花、結果……在離開祖國之前，他們全在祖父墳上燒過香，磕過頭！

我的奶奶和她的五朵金花

　　我坐在病床邊，握著奶奶的手，她早已陷入了昏迷，望著她那仍是那麼白白、細細的臉，卻伴隨著一陣陣抽搐，變形得不成樣子……

　　那是一九九九年夏天某個星期六的傍晚，我已記不清具體的日期，但那一幕始終清楚地印在腦海裡。奶奶住在八五醫院差不多二個星期了，醫生發出了最危急的病危通知。她身體各個器官的指標都降到了最低點，血壓只有四十。叔叔、嬸嬸和姑姑都在她身邊，我們不知道她頑強的生命力還能維持多久。我撥通了珍珍的手機：「你如果要見奶奶最後一面就趕快來，恐怕明天就見不著了。」她驚恐地問：「你怎麼知道？」「我不知道，只是感覺……」。她帶著男朋友趕到了醫院，看著奶奶抽搐時痛苦的樣子，平時感情不輕易外露的她，也流下的心疼的淚水。醫生說那是因為輸藥的原因引起的，在我的堅持下，醫生同意不再輸藥，我想讓奶奶走得平靜些。

　　晚上，我讓家裡人都回去休息一會，這麼些日子長輩們也夠辛苦的了。說好一有情況我會打電話告知，聽病房裡有經驗的護工說，年紀大的人通常愛在凌晨時分「走」。

　　四周靜悄悄，病房裡連燈都熄掉了。拿走了輸藥管，奶奶不再抽搐，平靜地躺著。我不時在她耳邊念幾句佛經。奶奶篤信觀音菩薩，她曾經告訴我們，在臨去人身邊念經，那人會容易去到極樂世界。

　　奶奶是我非常非常佩服的一個女人。她的手巧，是我佩服她的首個原因。文革中，傭人們都被辭退，家境又貧困，她的飛

針走線,不知幫我們織補了多少衣服上的破洞,放長了袖管和褲腿。有一次正值春節,好容易製成的一件罩衫,不慎在鈕扣眼那兒拉開了一個大口子,怎麼縫怎麼補都難看,可還是奶奶有辦法,硬是在破的地方繡上了一朵花。從此,我也愛上了繡花,繡枕套、繡被面,但怎麼繡都不及奶奶。已經很細的繡花線,她還能劈開很多股,把色彩摻合得那麼美。每一朵繡花,在她的手下都成了藝術品。這次住院,奶奶大概也知道兇多吉少了,在清醒的時候,已經囑托把她最心愛的一件繡花衣服拿來,「走」的時候可以穿。

奶奶的手巧,還表現在她的烹飪上。雖然她嫁入聶家七十多年都不需要她下廚做飯,但她不僅懂,而且還會幾味拿手小菜。翡翠蛋,把雞蛋的一頭敲一個洞,倒出蛋黃蛋清,加入切成碎末的火腿、冬菇、蝦米等等,再加點適度的城水,攪勻了後再倒入蛋殼內,在洞口封上薄紙,上籠一蒸,雞蛋變綠了,變透明了,點綴在其中的不同顏色的米粒,使整個剝了殼的雞蛋似一個古玉工藝品。咬上一口,又非常鮮美。過年時,「如意菜」必不可少,拿十種蔬菜,如黑木耳、胡蘿蔔絲等切成細絲炒成,取意十全十美,稱心如意。奶奶做湯圓也別具一格,每年年夜飯後,我們都會圍坐在一起,奶奶拿上一個托盤,盤內放入乾米粉,再把事先做好的湯圓芯放在米粉上,慢慢轉動托盤,在裡面滾動的湯圓芯很快由黑色變為白色,湯圓做成了,一次可以做十幾個,又好玩又省時間。奶奶雖說是廣東人,但對夫家傳統的口味,更是一絲不苟。我們家每年都要做的「臘八豆」和「剁辣椒」,都是由她親自督促工人做的,碰上天氣寒冷,奶奶會把要黴的黃豆裝上盒,放上熱水袋,蓋上棉被。她做出來的臘八豆,總是軟硬適中。奶奶說,其中的竅門是一定不能出現黃黴,而白黴越厚,效

果越好，而垛辣椒優質的關鍵，是買回的辣椒在「剁」之前不能洗，而是要用布一個個乾抹。在文革中最困難時，我們經常吃的一味菜，便是奶奶自製的「蔥油豆腐渣」（是向磨豆腐人要來的黃豆渣）。

奶奶的學問是我佩服她的另一個原因。奶奶肚子裡總有說不完的故事。尤其是她做詩的本領，更令人叫絕，什麼七絕、五律，她只要一念口訣，平仄、平仄、平平仄什麼的，馬上可以出口成詩。她最喜歡長恨歌，不知向我朗誦過多少次。奶奶到了九十歲高齡時，還能和她的弟弟們對詩呢。

奶奶做人的學問更深，她常對我們說，她最佩服的女人就是她的婆婆崇德老人，她們在一起生活將近二十年，從未見過崇德老人發過一次火，那是她的偶像。奶奶告誡我們，做人第一法則是忍讓，第二法則是忍讓，第三法則還是忍讓。女人的三從四德是奶奶最為津津樂道的，她可以稱得上是這方面的典範，尤其是「從夫」這一條。爺爺說一，她絕不說二。爺爺的旨意，她不但自己絕對服從，也要我們堅決遵守，容不得半點虛假。記得有次家庭聚餐，爺爺要她端了一大碟肥肉賞給我們吃，並立刻等著我們的回話。這麼肥的肉，實在難以下嚥，就一致要求奶奶光回話算了，說是「非常非常地好吃」。可奶奶認為這是欺君之言，但也不想為難我們，就毅然往自己嘴裡塞了兩大塊：「這就算是你們吃的吧。」說完，就咚咚地上樓回稟爺爺去了。

我們第三代和奶奶的感情有時反而比她的子女還要親近，這可能是因為以前大家族都是傭人帶孩子的。到了文革中，貧困的生活反而使我們有機會和奶奶接近，尤其是我們這五個孫女。

奶奶除了姑姑這一個女兒外，生過四個兒子，除了大伯父英年早逝外，三個兒子生下五個孫女，連一個孫子都沒有。對此，

奶奶向我們解釋過，這跟湖南老家祖墳風水被人破壞有關。好像
奶奶也沒多大遺憾，還笑說：「這是我的財富五朵金花。」（當
時有一部電影風行，正是此名）

　　從小到大，奶奶為我們的成長，也操了不少心。老大偉偉，
小時候身體極弱，每個星期都要發燒，功課來不及做，奶奶總是
替她描紅、抄課文；老五珍珍有段時間患皮膚病，奶奶不僅常常
陪伴，還親手織帽子給她戴。老四敏子，生性最活潑，常常下課
後，跑得人影都不見，奶奶常四處找她，有次是從一個露天菜場
的肉砧板上，把她找到，她正在上面蹦跳呢。老三加加，被奶奶
視為溫室花朵，隻身一人赴美時，奶奶擔心得老是嘀咕，「可讓
她一人怎麼活下去呀。」最讓奶奶煩心的，是我們在文革中失去
了上學的機會。因為我們的父輩全受過高等教育，當時我們並不
能體會奶奶的心情，加上天生樂觀，小小事情都會把我們幾個逗
得大笑，有時笑得擠成一堆，有時笑得跌在地上。每當我們笑聲
衝天時，奶奶就會急急來禁止，她一手指天，一手放在嘴邊，提
醒我們，爺爺在樓上，不可放肆。接著她就會搖著頭，嘆息著：
「怎麼辦，我的孫女沒書讀，又瘋成這樣子，將來怎麼嫁人呀。
我怎麼才能夠把你們嫁出去呀！」後來，我們大的幾個，都離開
了上海，離開了奶奶，但奶奶對我們的關心始終如一，每每在彼
邦接到奶奶工工整整用蠅頭小楷寫的書信，心裡總是有說不出的
感覺。

　　菩薩保佑我們五姐妹，沒費什麼勁，總算都嫁了出去，學業
也基本有成。敏子成了碩士，加加也成了會計師，連因腳疾被大
陸大學拒之門外的我，人到中年時，在香港撈了一個大專文憑。

　　手機鈴響，打斷了我的回憶。叔叔來電說他連打了九個噴
嚏，一定是奶奶在惦記他，他馬上就到。此時奶奶的呼吸也越來

越慢，等叔叔到了後的十分鐘，奶奶咽下了最後一口氣，這時她的右眼角流出了一大滴眼淚。姑姑也趕到了，那時天還沒有亮。

我不知道奶奶在人世間還留下什麼遺憾，我卻感到安慰，因為在她生命最後一段時間裡，我能代表我們五姐妹和另外三個表弟妹，拉著她的手，陪伴著她走完了她九十三年人生的最後一段路。長期以來，我們不能常常圍繞在她身邊陪她的那種內疚，也得以減輕。奶奶逝世後的各種紀念儀式，因各種原因，我都未能參加。我想，奶奶是能夠明白，能夠理解的。她老人家也會明白，我們五朵金花雖然未能秉承她所崇拜的三從四德，但在人生路上，我們每走的一步，都不會令她老人家失望。我們也希望她老人家理解，我們雖然不能完全繼承她那美味佳餚、迷人詩句，但在我們腦海裡，卻深深刻上了她慈祥的身影。

正月十二日是奶奶的冥壽，我一直想寫些什麼表達我的思念，正好找出一張舊照片，是二十多年前我們五朵金花和奶奶的合影，也是我們唯一的一張合影。就這樣，題目定了：「我的奶奶和她的五朵金花」。

我爸

　　我爸有著非常不錯的童年，小時候的照片，無論是西裝筆挺，還是長袍馬褂，都盡顯富裕家庭二少爺的生活。我爸從上海復旦大學畢業後，在上海建築設計院任工程師，娶了年輕美貌的媽媽，後來又添了活潑可愛的兩女兒，一家四口，倒也其樂融融。

　　在我還未上小學時，媽媽去了香港看外公，原計畫我們稍後也會移居香港，那是香港正處在經濟發展階段，大家都相信爸去了那裡必有一番作為。可惜的是，母親走了之後，沒完沒了的各類政治鬥爭就開始了，四清期間，因為家庭成分的關係，設計院欲加陷害鬥爭，爸唯有長期裝腎病，終於成功地辭職回家。媽媽一走二十多年，是我們家最大的不幸，我們去不了，她也不能回來，因為她要在香港賺錢養活我們。

　　在旁人的眼裡，我爸可能是一個貪圖安逸的男人，其實如果他可以選擇的話，有哪個工程師喜歡和街道的婆婆媽媽們擠在一起開小組會，學老三篇，甚至挖防空洞，做磚頭？文化大革命抄家後，家裡的房子也被逼上交了最好的房間，爸爸為了我們兩個女兒住的舒服一點，自己去親戚家投住，每天早上回來，第一件是把幫我們倒去盛滿尿液的便桶，上海人口中的痰盂罐。其實從我們住的亭子間到抽水馬桶的浴室，只有幾級樓梯，但父親從不因為怕麻煩不讓我們用便桶。文革期間，收音機裡除了八個樣板戲就是五首革命歌曲，非常單調，他就讓我們自己學小提琴手風琴，有時還會拉著二胡和我們合奏一曲。他還踩著自行車從上海的徐家匯到虹口老朋友家裡借一些「大部頭」的禁書，為的是增

加我們的知識面。當我們家再也沒有能力負擔老保姆的工資時，他親自學燒飯煮菜，甘願下「火」海。他做所有這些，沒有怨言，還充滿了熱情，注入了興趣，直到今天，我還記得他用以前家中的漂亮的外國餅乾鐵罐，做出的金魚缸和小煤油爐，讓我們養養熱帶魚、辦辦小家家。所以當現代人們在高唱男主內是流行的時尚時，其實在這領域我爸可是先鋒了。

　　如果認為我爸這一輩子的貢獻就是家庭主男，那就錯了，命運的作弄，但他並沒有意志消沉，卻想盡辦法積極進修。父親以前是學俄語的，他冒著被批鬥，被抓坐牢的危險偷聽「美國之音」，一遍一遍地反覆聽，並記錄下來，沒想到這些紀錄下來的文字成了以後他自己的教案，改革開放後，當時國家第二機械部委託上海外語學院全國各地的專家舉辦聽力口語班，我爸被邀請當了助教，這下他來勁了，根據自己的經驗和學生們的具體情況，因材施教，他還獨創聽歌學英文，學生受益良多，直到今天，我爸和他的學生們都保持著良好的關係，現在都已是處級部級的學生們，都還親切的稱我爸：「聶老師」。

　　當年復旦的同學和設計院同事，早就成為這個「長」那個「家」的了，我爸沒有任何頭銜，我不知道他心裡是怎樣看自己的，但從未聽他批評一句給他帶來許多不公平的社會，讓他遭受如此不如意人生的家庭背景，和讓他失去大好前途的各類政治運動，沒有，他從來沒有。有時我在想，在人的一生中，可以演繹許多角色，但也不是每一個角色你想演就能演的，我們所能做的，就是把我們所能夠演繹的角色演好，人生依然是成功的。

女部媽媽

　　先要申明，媽媽不是部長。在她七十五年的生命裡，三分之二的時間，是家庭婦女。女部，是我媽的第三任老公對她的戲稱，卻把她爽朗、剛強、敏銳、自信甚至有點獨斷的個性挑白了出來。媽媽未曾有過一官半職，可她的朋友都是達官夫人、富商太太、手帕之交、患難朋友，或社交娛樂的搭檔，都能和她保持長久的關係，成為交心的知己。當年她在香港打工時的老闆娘，億萬身家的闊太，至今和她長話家常。現任香港政務司長唐英年的母親，也是她麻將桌上的搭子。

　　媽媽的生活經營有方，在謀生中把握時機，從生活的不公，使她，一個富家小姐要去紗廠做工，到如今收租過日，小康生活，在家工人服侍，出門司機開車，日常生活，她說一，沒有人說二，尊稱一聲女部，貼切不過。

　　思疑媽媽人生的經營理念來自外公的成功之道。外公年輕時提著個小包袱，從小鎮嘉興隻身到大上海，在英美煙草公司當學徒，勤勤懇懇學生意。一次洋行的暴動，外公機警地保住了洋行的財富，自然也保住了上司的飯碗，得到了提升後，出乎大家的意料，他居然要求離開上海，自願來到青島開闢華北市場，很快地，他壟斷了整個煙葉市場，有了自己的果園和鐵路的股權，成了青島的首富，社交名流，當年貴為國母的宋美齡到青島遊玩，睡不慣賓館的床鋪，向外公家借席夢絲床墊呢。一九四九年，外公離開青島時，帶走的財產珠寶供他以後幾十年的晚年歲月衣食無憂，但無法帶走的八棟豪宅，都被國家代管了，成了軍區的療養院。

媽媽有張小時候被外公抱著在青島海邊住宅前的海灘上拍的照片，這是媽媽擁有父愛的唯一見證。外公和指腹為婚的外婆沒有一絲感情，勉強生了兩個兒子和一個女兒——我媽媽之後，就堅決和外婆離婚，與一位外交家的遺孀結了婚，生了我的小舅，確切地說，四歲之後，我媽就失去了爸爸的關愛，童年承受的那份委屈造成了她堅強的個性。她和小舅的關係一直很好，因為外公夫妻倆忙於交際，常常扔下小舅給工人，小舅就會去我外婆家找我媽玩。同是父親的骨肉，但受到的待遇截然不同，小舅上學有司機開車、保姆陪伴，但我媽媽卻是自己背著大書包徒步去學校，但外婆卻從來不抱怨、不投訴，她對媽媽說，做人就是要爭氣！那時媽媽就暗下了決心：將來一定要有自己的車。

媽媽跟外婆學了很多為人處世的哲學，每天晚上和外婆睡在一張床上，聽她分析社交上錯綜複雜的關係，外婆教她作人的道理。外婆是一位非常豁達的女人，連小舅的媽媽和外公有矛盾，倆人都會來找外婆主持公道。

媽媽在上海讀完高中後，就嫁給了當建築師的爸爸。她豪爽的個性深得爺爺、奶奶的喜愛。那年，聶家的恒豐紗廠被強加莫須有的罪名，遭法院勒令退賠所有的定息，媽媽也毫不猶豫地拿出了私己錢，幫助家裡度過難關。

一九六二年，媽媽和爸爸商量好了，由媽媽再次去香港探望外公，等她落下腳，爸爸就會帶著我和姐姐去香港定居。可是沒想到，媽媽這一去就是二十五年。媽媽走的時候我五歲，等再次見到媽媽，我兒子也五歲了。

媽媽明知自己的父親是富豪，卻沒有半點想倚賴他的念頭，到了香港不久，她就提出去找工作，那時外公早已和小舅的媽媽也離了婚。可是怎麼也沒想到，新後母把她看成眼中釘，幫她找

了個離家很遠的紗廠做工，廠裡的人都非常好奇怎麼有坐出租來面試的人，當然，不可能上、下班都坐出租車，媽媽只能在紗廠住下了。星期六回到家裡，看見自己的床上堆滿了未晾乾的衣服，後母解釋說，因為工人放假，也不知道我媽會回家，媽媽心裡明白，當晚就住到同學家裡去了。過年了，工廠放大假，外公把媽媽叫回家，誰知後母早就把自己的娘家人叫來，家裡沒有讓媽媽棲身之處。媽媽記住了外婆要她爭氣的教誨，一聲都不吭離開了家，再也不曾回家住過一天。

從紗廠女工到銀行職員，媽媽的雇主們給了她很大的同情，在倉庫，儲存室裡讓她用布簾圍出自己的「私人一角」沒有洗澡設備，自己用桶打水，住所周圍的人不明就裡，還暗地裡搗亂，甚至把鑰匙孔給堵上，讓她晚上沒地方可睡覺。就這樣，媽媽一直居無定所整整十五年，為的是省下房錢寄給上海的家裡。在這十五年中，因為家庭成分，因為各種政治運動，不僅爸爸無數次的申請都被退無情地了下來，早在四清運動初期，他就被迫退職了，全家生活都指望媽媽每個月寄錢回家。

十五年了，忘穿秋水，始終等不到爸爸出來的消息，後期老闆娘慷慨讓她居住的小房間，也因為各種原因被股東收回；前路茫茫的媽媽，在熱心的朋友介紹下，認識了畢業於聖約翰大學的單身高級翻譯師，就這樣，爸爸、媽媽無奈地分手，媽媽嫁到了臺灣。在臺灣十年，媽媽勤勤懇懇地持家理財，等到丈夫因病退休來香港定居時，媽媽已把丈夫單身時不善於理財，高薪還欠債的新婚時家庭狀況轉化成了有屋、有股票的小康生活。外公去世了，留下一大筆財產給三個兒子，媽媽沒有得到一分錢，但每年清明，媽媽還是去在臺灣的外公墳拜祭。

在香港送走了患重病的第二任丈夫，媽媽決定回到離開三十

多年的上海定居。在香港，請一個菲律賓工人要三千港幣，其他的生活開支均高出上海。媽媽把臺灣和香港房產股票賺到的錢，投資上海房產，雖然沒有大賺，但靠收租養老過日子絕對沒有問題。養養小狗、打打麻將、跳跳社交舞，上海開放後，南來北往的臺灣、香港朋友絡繹不絕，媽媽在六十六歲那年時還找到人生第三個伴侶，一位退休的醫學院教授，之後又實現了小時候的理想——擁有一輛自己的車。我回上海，媽媽還派司機開車來機場接我呢。

　　回顧往事，媽媽笑看人生。她說：「我沒有讀過大學，但嫁過的三個丈夫，都是一流大學畢業的專業人士。我曾經居無定所十多年，但現在幾個物業在手，想住哪就住哪。我雖然沒有得到遺產，但我周遊過世界很多地方，是我的兄弟們根本沒法做到的。我爭氣努力地創造人生，人生不但還以富裕，還有自豪和驕傲！」

我的偶像

　　和許多人一樣，我也有自己的偶像，一位是著名的藝人張
艾嘉，另一位是明星律師翁靜晶。我仰慕她們美貌出眾，才華橫
溢，更敬佩她們賦與生活的勇氣和智慧。

　　先說張艾嘉吧，這位集電影導演、演員與流行音樂作曲家、
歌手一身多才多藝型的藝術家。她歌聲甜美，演技出色，編導風
格突出。她的音樂創作甚多，「童年」、「明天會更好」等作品
膾炙人口。一九七六年，她才二十一歲，就以電影「碧雲天」贏
得第十三屆金馬獎最佳女配角，一九八六年，她執導及主演的
《最愛》獲當年金馬獎最佳影片等八項提名，獲得了第二十三屆
金馬獎與第七屆香港電影金像獎的雙料最佳女主角獎，連同前次
獲獎，即是獲兩屆金馬影后。二〇〇二年，她的影片《地久天
長》一片贏得香港電影金像獎及香港影評人協會金紫荊獎雙料最
佳女主角，張艾嘉從影三十多年，從十多歲打入影視界，至今已
編導演製了近百部影片，大多數是有份量的作品，她執導的《少
女小漁》，讓一個從未演過電影女孩兒登上亞太影后的寶座；她
的電影《二十、三十、四十》是那年進入第五十四屆柏林國際電
影節唯一一部華語片，她由港臺蜚聲至國際。對於自己的成就，
張艾嘉歸功於她所遇到的逆境，她說：「逆境其實就是我學習的
時候，逆境中我才有空間去學習，而在順境中一切有能順我的心
願。逆境中會發現我所學所有都不再奏效，需要另辟蹊徑，這正
是學習的時候。這才是為什麼每次逆境過後，我發現自己又向前
走了一步。」

　　我對張艾嘉是從喜歡開始，真正對她刮目相看，是那年她在

一個全港非常大型的一個公開活動上，大方地承認自己是未婚媽媽。一位明星，一位深受大家愛戴的公眾人物，這樣做是需要多麼大的勇氣呀，也正是她的勇敢承認，公眾也把驚訝變成了對她的愛護有加。

每一位媽媽，都想把孩子培養成材，張艾嘉也不例外，為了培養出兒子的貴族氣質，多從最細微處開始，衣食住行時時處處刻意培養，利用自己的知名度不遺餘力地打造兒子，使兒子很快成了第一童星。

樹大招風吧，兒子被綁架了，差一點連命都沒有了，張艾嘉在綁架案結案之後面對媒體的時候，出乎意料的卻講了這麼一番檢討自己的話：「一直以為最重要的是盛名，時時處處想保持常青，不管是婚姻還是兒子，都當作自身招牌的一點金漆，從未將自己從高處放下，好好審視一下生活。直到兒子的生命受到威脅的時候，方才明瞭最珍貴的財富並非那個熠熠的金字招牌。熙熙攘攘，皆為利來；攘攘熙熙，皆為名往。以前，我就是攘攘熙熙中的一分子。」她大可以控訴惡行或悲嘆自己所受到的傷害來博取同情，但她沒有，因為她覺得造成這次綁架的，自己也有責任，她坦承了。「我們都不是完美的」，我常常回味著張艾嘉的這句話。敢承擔的女人是可愛的。

翁靜晶是堪稱奇女子，十六歲便進入了香港演藝圈，出演《喝彩》、《楊過與小龍女》等著名電視劇，十九歲下嫁年長三十歲，當武師及電影武術指導的劉家良。少女情懷的她，當年對自己的行為曾公開說：「前生是一隻金絲雀被劉家良飼養，為此今生要下嫁劉家良來報恩。」據說他們是一見鍾情。婚後二人育有兩名女兒，翁靜晶由娛圈轉投保險業，工作成績非常出色，不多久，便可以自立門戶開一家保險顧問公司。劉家良曾患癌

症，翁靜晶不離不棄，精心照顧，並擔起了養家的生活重擔。在翁靜晶的保險事業達到高峰時，她卻於一九九六年重返校園，一圓讀書夢，開始了自己長達十三年的求學生涯。先在香港大學專業進修學院法律系課程，取得課程近十年來最好的分數，得到了獎學金和由香港教統局長頒發的「終生學習傑出學員獎」，又先後在英國曼徹斯特大學和香港大學考取法律學士和碩士學位，進而成為執業律師，並取得中國北京政法大學法學博士資格。

掌握普通法律和中國法律後，好學的她又去了新加坡伊斯蘭教研究中心，學習阿拉伯和非洲國家所沿用的伊斯蘭法。她是班上唯一的華裔學生。學習生活非常緊張，每月要考試和交八千或一萬字的論文，參考書籍和書單也是長長的，功課多得不可思議，還得回香港十幾二十天處理律師公司業務，二○○四年她創辦了自己的律師事務所，接手了不少高調案件，令她名聲大噪。至今出版了十多本暢銷書籍，主持多個電臺和電視臺的節目，她也是多份雜誌報紙，包括星島日報在內的專欄作家。

我對翁靜晶好奇的是她怎樣處理自己的感情生活，她出嫁的時候，還只是一個單純的少女，如今已變成女強人的她，和受教育不多的丈夫還會有共同的話題嗎？和感情會變嗎？二○○一年，翁靜晶的上司兼好友林競業律師，在翁靜晶的寓所墮樓重傷致死的新聞，間接證實了我的猜疑。事發之日他們倆於午膳後回家取文件，劉家良跟蹤登門並質問搜查，林競業為避嫌，早已爬出窗外，及後更跌下平臺致死。雖然這場悲劇沒有導致婚姻的破裂，而後全家更在不同的公開場合恩愛露面。翁靜晶非常聰明，我的理解，她對生活的態度是取長避短，所以把全部的時間投入到自己的事業中了。

據她自己的說法，十五歲立下要成為女商人、律師和政治家

的三大志願，隨著先後成為女商人和律師後，如今躊躇誌滿，要實現人生第三部曲：「現在所做的一切，都是準備好自己，為國家貢獻。有一天國家需要一個熟悉中文、英文，有法律背景，也懂伊斯蘭法的人來擔任溝通角色時，我就可以勝任了。」。祝你成功，我的偶像！

一百歲

俗語說：「人生七十古來稀」。這句話在今天可能要改為：「七十不稀奇，九十古來稀！」但是要想做到另一句：長命百歲，那可謂人生之奇跡了。終於在我們聶家有奇跡出現，今年我的堂伯媽夏蟾壽女士一百歲的大慶，生日慶典就定在六月初。當我們都興高采烈地等著這一天好好慶祝的時候，她老人家卻宣布取消了生日會，原因是國家大難當前，怎麼還可以考慮個人！

我不由想起她的丈夫，我的堂伯父聶光墀生前的壯舉。一九二五年上海的五三運動發生的當天，英國巡捕竟向遊行隊伍開炮，當場死傷數十人，參加示威的聶光墀，帶著滿身的血，乘車回到了母校聖約翰大學，講述南京路上的慘案情況，鼓動師生們前往聲援，引起了校長美國人蔔舫濟的不滿，他以聶光墀已不是約大的學生了為由，下令趕他出去。

聶光墀不吃這一套，跟他大聲辯論起來，周圍的學生義憤填膺，紛紛幫助聶光墀來責問蔔舫濟。一些愛國教師也出來站在了學生一邊，最後形成了約大數百名學生集體退學，幾十名教師集體辭職的波瀾壯闊的鬥爭局面，導致了光華大學的誕生。

可惜這位留英回國報效祖國的上海交通大學的教授，我國熱力發電和蒸汽透平工程界的知名學者，在文革中被打成牛鬼蛇神，遭到迫害，致使心臟病猝發，含冤長逝。

伯母畢業於滬江大學，是一位真正的賢妻良母，文革時和丈夫一齊被掃地出門，從淮海西路的華盛頓高級公寓被逼搬到了爛泥地的棚戶區居住，在那生活十多年，她為人善良、包容，經歷了喪夫之痛、癌症的威脅，還是健康地活了下來。老太太除了有

點耳背，身子骨硬朗著呢，她思路特敏捷，和她多年來保持閱讀的習慣有關。她喜歡看英文版小說，兩年前我爸來美探親，還受託帶了英文版的《讀者文摘》給她。

老人家關心國內外的時事，大小新聞無一漏網，這次四川大地震，她深感悲痛，以至不想慶祝自己人生的這麼重要的時刻。在這，我遙祝她老人家福如東海，壽比南山，也把老一輩愛國忘己的精神牢牢地記在心裡！

病友

　　人的一生中，會有很多不同類型的朋友，例如學友、校友和文友等等。病友，顧名思義，是在生病中結識的朋友，這一類朋友在我的心目中份量很重，倒不是因為我們曾經同病相憐，而是他們的經歷和精神往往成了我生活的借鑒和動力，也是我常常感恩的原因。

　　我曾住過康復醫院，是那些病情穩定但生活仍不能自理而出院的病人的一個中轉站，病人在那裡一邊接受康復治療，一邊學習怎樣照顧自己，有的卻是在等待家裡安裝必要的設備，方便他們日後的日常生活，在那兒，我認識了智賢、梅姨和她。

　　智賢是一個開朗的小夥子，大頭大腦，他應該長得十分高大，這是我的估計，因為他永遠也不可能站起來讓我打量，我也不忍心去問他而觸及他的痛處。他是一位很盡責的設計師，在趕工程的日子裡，連續的開夜車，令他疲倦不堪，在等地鐵回家的時候，他竟然站著睡著了，不幸跌進了路軌，摔斷了脊椎，造成了全身癱瘓。他全身沒有知覺，唯有左手可以舉高一些，他說這是他不幸中的大幸，因為醫生做了一個特殊的筆，綁在他的手上，那樣他就可以利用那只筆按鍵盤來玩計算機了，他常常設計出一些十分漂亮的招貼畫，貼在自己電動輪椅的後面，在醫院裡「招搖過市」。最後看見智賢，是在他要轉去其他醫院作手術之前，他已經無法再坐輪椅，因為他臀部的肌肉嚴重發炎壞死，必須作大面積的切除手術，之後因為SARS爆發，我匆匆出院離開了香港，我們就失去了聯絡。最近意外地收到了他的電郵，原來他手術成功，早已出院回家了，「大家姐」他在電郵中說：「我

最近在一家建築公司找到了設計圖紙的工作，我要賺多些錢，加強電動輪椅的馬力，對了，你什麼時候回港？我想請你吃飯，並介紹新女友給你認識。」我鼻子酸了，但心裡卻為他感到驕傲。

　　梅姨，至今我還記得初次見到她時的那種震撼，她沒有四肢，當她述說自己不幸的故事時，那種平靜，更令我有揪心的痛楚。梅姨因為半夜常常尿頻，所以住院檢查膀胱時卻發生了意想不到的事，也不知是為什麼，她突然發生了血液中毒，發生之快和兇猛，令醫生在特效藥到之前必需要切除她的四肢來保全她的性命，她的家人和醫生都不敢替她做這個殘酷的決定，梅姨在半昏迷的狀態中，聽到她的主治醫生用哽咽的聲音，問她要生還是要死，她沒有多猶疑，以堅定的點頭表達了要生存的信心，而且在之後的康復治療中，信心一直未減，她從來是昂起頭，用微笑來回答周圍詫異的目光，並且在安裝了假手之後，還提出要學畫畫，我就是物理治療師替她找的畫畫老師，我們有一段時間很接近，其實她的假肢都還在試驗時期，一定要在治療師的監督下才能使用，平時在自己的病房裡，她都是用殘缺的短短的手上臂和臀部下勉強可以稱為大腿的部位來幫自己喝水或是挪動，她最擔心的是在SARS爆發後，醫院疏散病人回家，她不能在繼續學畫畫了，記得我曾經向她保證過，只要環境許可，我一定會上門教她，但這個許諾我從未兌現過，因為後來我常居美國了，現在也不知道她的下落，可腦海裡一直留著她吃力地握著筆的假手，艱難地在紙上來回塗抹的情景。

　　如果說，人生中很多天災人禍我們都無法避免，但有一樣事情我們可以做到，那就是知足量力，愛護自己！她是一個美麗的女子，由四川嫁到香港，先生是個商人，家住跑馬地，生活無憂，但她仍不滿足，生了女兒後，居然離家自己去賺大錢，沒有

學歷，廣東話又不會，要賺大錢只有去夜總會當小姐。她是個性很強的人，不堪忍受被顧客玩弄，就用酒和藥物來麻醉自己，導致身體病狀出現，她也不去理會，實在頂不住了，就用從家鄉帶來的中藥自己料理，終於有一天，她倒下了，昏迷了三個月。醫生把她搶救了回來，但她已是一個四肢僵硬的活死人，也不會說話，連吞嚥都有困難，不能喝流汁，也不能吃固體，所有給她吃的食物都要做成糊狀。她沒有家人在香港，丈夫在她當了夜總會小姐後，傷心地和她離了婚，帶著女兒移民英國了。她經過了許多周轉後，來到了這一家醫院，正好那時我也在療養。她不知道自己發生什麼事，別人也不理解她在想什麼，醫生護士都是那樣地忙，疼痛的時候，肚子餓的時候，傷心的時候，只能用嚎叫來發洩，可以說，真是生不如死！

因為實在受不了她的慘叫聲，睡在她對面病床的我試圖幫她找出一些可以和外界溝通的方法，後來把她每天所要用的句子寫在卡紙上，例如，我腳疼、我肚子餓等，她一叫，護士就會指著卡紙上的句子問她，直到她點頭。後來我又留意到她左手有兩個指頭會動，所以嘗試著把筆綁在她的手指上練寫字，到我出院的時候，她可以把自己想說的話寫出來了。後來我再回去看她的時候，她可以自己掌握電動輪椅，在醫院範圍內活動，她常常躲在無人的角落裡哭泣，她一定很後悔，但是已經太晚了。她已永遠站不起來，也永遠說不出話，唯一幸運的是，因為香港的福利制度，她可以終身住在醫院裡，不過我想，是沒有人會希望在醫院裡過一輩子吧。

七、社會

堅持真理和熱愛自由的精神——這就是社會的棟梁

——易樸生

在嘈雜的社會環境中保持自我的沉靜。

劉墉和他的兒子

　　劉墉是我喜歡的勵志作家之一，他的書，從《螢窗小語》、《螢窗隨筆》、《真正的寧靜》、《點一盞心燈》、《超越自己》、《創造自己》、《肯定自己》、《愛就註定了一生的漂泊》、《人生的真相》、《冷眼看人生》、《生死愛恨一念間》等等，我都看過。我欽佩他的多才多藝，他博才多學可以從他的履歷中可以看出：紐約哥倫比亞大學博士研究，聖若望大學研究所及師大美術系畢業。現任紐約聖若望大學專任駐校藝術家及副教授。曾任美國丹維爾美術館駐館藝術家，並應邀在世界個各地舉行畫展三十餘次。他還當過電視主播，得過金鐘獎。

　　我欣賞劉墉的處世的原則「不負我心，不負我生」，他在書中所傳遞的資訊，就是生命不應該為世俗觀念所左右，人生的成功是在於肯定自己。

　　從劉墉的書中，我認識了他的兒子劉軒，一個非常優秀但也反叛的孩子。他的優秀只要看看他就讀的學校就清楚了，紐約史岱文森高中畢業、朱麗葉音樂院預科及美國哈佛大學心理系。在寫作和音樂方面也頗有成績。他的翻譯有《林玉山畫論畫法》及《真正的寧靜》。著有《顫抖的大地》、《屬於那個叛逆的年代》及室內樂《秋思》。九三年獲布萊佛門音樂演出貢獻獎。虎門無犬子，我曾想，以劉軒的才能加上父親的背景，他的前途不可估量，不是當教授音樂家，就是社會活動家。最近看了一個電視訪問節目，才知道劉軒並沒有按常規出牌，他現在引以為傲的是在時髦酒吧與電音PARTY中玩出了名堂，他是臺灣夜店的DJ。

　　劉軒從小學的是古典鋼琴，但他卻選擇從古典出走，溜進舞

曲世界，帶走入黑人音樂，他喜歡的音樂稱謂New York House，這種音樂據稱是一種合並了七〇年代的disco和funk，加入gospel和soul，再結合了拉丁美洲和非洲與古巴節奏的綜合體，生根於紐約多文化的街道之間，喚起的是紐約人血液中流著的韻律，充滿了爵士、低音符和生命感。劉軒「不止一次在Body&Soul或Shelter（專門放New York House的party），跟著上百位黑人和拉丁美洲人舉著手、跳著舞、被DJ充滿靈魂的音樂感動到落淚。當你有過這種經驗之後，你絕不會再用同樣的耳朵聽舞曲了。」

而劉墉對兒子的選擇有以下的說法：我一直堅持教育就是要有這樣的呈現，耶魯的高材生畢業後當個廚子，哈佛的博士如今是個DJ達人，高級的知識分子進入到普羅的藝術，農家子弟進入到高階產業，這樣就能為這個社會灌注出新的思緒、新的想法。

令人震驚的真相

　　為子孫造福是中國人的優良美德，常常聽見周圍的朋友帶著滿足的心態說，已經為子女做了最好的安排，除了盡心照顧，讓子女得到了最好的教育，還留下了錢財、房屋，如果哪一天自己離開了這個地球，也可以走的安心，何為「可憐天下父母心」，在這兒可是最好的說明。不過，如果真的以為只要給下一代提供最好的教育和豐富的資產就可以安枕無憂的話，那可就大錯特錯了。

　　看了最近獲得奧斯卡最佳記錄片獎的《絕望的真相》（An Inconvenient Truth），晚上被所發的惡夢驚醒了好幾回：孩子們到了天堂找我，因為他們已經流離失所，在地球上沒有了藏身之地；數十年後地球遭逢災難性的天氣巨變，帶來大型的洪水、乾旱、嚴重疫病、致命熱浪等等人類之前從未遇過的災劫。這些不是荷裡活災難電影裡的橋段，這是人們將親眼目睹的事實！

　　《An Inconvenient Truth》，在香港翻譯成《絕望的真相》，臺灣是《不願面對的真相》，而中國大陸卻是《生死存亡的真相》，是根據美國前總統戈爾的同名書籍改編的有關氣候變遷的紀錄片，其中特別關註全球暖化（溫室效應）現象。該書曾在二〇〇六年七月二日和八月一三日成為《紐約時報》（New York Times）的銷售排行榜第一名，並在數個月後再次榮登冠軍。

　　「溫室效應」是指地球大氣層上的一種物理特性。假若沒有大氣層，地球表面的平均溫度不會是現在合宜的十五℃，而是十分低的負十八℃。這溫度上的差別是由於一種名為溫室氣體所引致，由於人類活動釋放出大量的溫室氣體，結果讓更多紅外線輻

射被折返到地面上，加強了「溫室效應」的作用。

根據聯合國氣候變化跨國組織（Intergovernmental Panel on Climate Change, IPCC）的研究指出，在過去一百年間，地球平均溫度已上升〇‧四五℃，且在其他條件不變的情形下，西元二〇三〇年時地球平均溫度將再上升一℃，至二一〇〇年時則又上升三℃，此一結果將使兩極冰山解凍，海平面上升，致陸地面積縮小，危及人類生存空間與生態平衡，我們現在居住的灣區，大都市紐約，甚至我們的家鄉北京上海，都會被海水侵吞，可能消失。

在紀錄片中戈爾引用大量數據，例如現時地球大氣裡二氧化碳濃度是數十萬年來最高，超出歷來不超過三百ppm的歷史最高水準，同時指出二氧化碳濃度和大氣氣溫成正比的關係的變化。影片中，大量不同時期的地球風景照片和衛星高空照片顯示，冰川面積越來越小，有害昆蟲向高處滋生，南極冰川溶解，原始林木毀滅，人類賴以生存的條件將受到嚴重的危害，這些事實令人震驚！

還是在小時候，那是在宇宙飛船登月球的年代，聽到大人們說，人類已經開始為撤出地球而作準備了，在宇宙的星球中尋找新的家，因為地球終有一日會因氣溫過高而不再適合人類居住；記得當時我有些緊張地問，萬一找不到怎麼辦？大人們就笑著說，不必慌，那是將來，起碼也是一、兩百年後的事了，科學發展，到時一定會有辦法解決的。

可是當我們看到電影《絕望的真相》（An Inconvenient Truth）中，北極熊因為大量冰山的溶化，找不到歇腳處，差一點淹死，心中就會明白，只要海平線再上升二十呎的話，人類將面臨和北極熊一樣的困境，而且不是很遙遠的事了。近年來，世

界各地許多地方都遇到了有史以來罕有的風災水害，就拿美國來說，去年多處地方酷熱，灣區連續超過一百度高溫的日子真是讓人難捱，我在聖荷西的家是沒有冷氣設備的老房子，因為以往根本不需要，記得去年我和先生冒著酷暑到處去買冷氣機，從聖荷西一直到南舊金山，不要說冷氣機，連風扇都缺貨；看來對抗氣候暖化的行動，迫在眉睫。

當然全球氣候暖化原因有多種，例如太陽的活動和宇宙射線的變化等等，但人類活動所造成的人為因素是不可低估的。

許多國家的政府和科學家們早已行動起來，最近剛召開的歐盟首腦會提倡用再生能源，再生能源指的是來源無所匱乏的能源，要讓人類能在地球上永遠居住，再生能源是必須的，目前，人們所使用的再生能源技術包括太陽能、風能、地熱能、水力能、潮汐能、海洋熱能轉換等等。然而僅僅使用再生能源並不能徹底解決問題，這是因為再生能源會仍會產生汙染或是製造廢棄物（例如太陽電池中所使用的重金屬），所以節約能源，減少排汙才是重要的一個環節，這是我們每一個人都應該，而且也是可以做到。例如購買節能電燈膽，增加汽車的使用效率（儘量搭乘便車和公共交通工具），減少使用電器、紙張和不實用的包裝，多種樹等等，其實好多以上的習慣都是中國人的優良傳統，繼續保持這樣的傳統，教育孩子不浪費，以身作則為身邊的人做出好榜樣。挽救地球，就是挽救我們自己，如果希望有一個優質的生活環境，就必須從自己做起，讀者有興趣可以上網找到更多的好方法，即節約金錢又節約能量，網站地址：www.climatecrisis.net。

世貿中心可以不倒

　　已經多年過去了，人們還是沒能抹淡九一一的傷痛，我也清楚記得當天身在紐約的我，如何為在曼哈頓工作，尤其是在世貿中心上班的親戚揪心過。這麼多年來，我們除了懷念和悲痛外，是否已經吸取了教訓，防範於未然？

　　早在九一一發生前幾年就有人預見了恐怖主義者會用飛機襲擊世貿中心，但沒有人相信他，他唯一可做運用自己有限的權力作躲避災難的準備，結果在災難發生時，他拯救了三千七百條生命。他的名字叫歷坷・雷思卡拉（Rick Rescorla）。

　　雷思卡拉是世界著名的金融機構摩根斯坦尼（Morgan Stanley）安全副總裁，該公司在紐約的總部在世貿中心的南樓占據了第四十七至七十四樓，有二千七百多名員工在那兒工作，還有一千多人在廣場另一邊大廈的五樓工作，一九九○年當雷思卡拉初調任此職時，他就質疑世貿中心地庫的安全問題，他和負責世貿中心全部安全管理工作的機構Port Authority of New York and New Jersey開會，告誡他們，任何人都可以駕著裝滿炸藥的車開入地庫的中心作案。可是他卻遭到了譏笑，並要他專心自己工作，不要多管閒事。三年後的一九九三年二月二六日真的發生了大爆炸，雷思卡拉更相信了自己的感覺，恐怖主義者不會就此罷休，世貿中心仍然是他們的目標，而下一次行動很有可能用飛機裝上化學或者生化武器在空中襲擊世貿中心，他這樣認為不是毫無根據，他是作了深入的調查，然後在計算機上作模擬行動，而且得到了一些安全專家的支援；當然，他的話沒人相信。他勸摩根斯坦尼搬離世貿中心，但租約要到二○○六年才到期，他惟有

使用自己的職權強迫全公司的人作災難演習，包括公司的最高級
領導，他帶領全公司的人，根據他事先勘察好的地形，練習從
七十四樓分幾路往下走，像訓練士兵一樣計算時間，而且每隔幾
個月就重複練習一次，為此他忍受了人們的嘲笑和抱怨。

　　二○○一年九月一一日，恐怖襲擊真的發生了，當第一架飛
機先撞上北樓的時候，雷思卡拉打電話給家裡人以及他的朋友，
說自己的使命是要把所有員工安全撤離，所以當保安當局在喇叭
裡通知人們不要離開自己的辦公室的時候，雷思卡拉卻給自己的
公司的全體員工下了死命令，馬上撤離大廈，沒有他的通知不能
回到辦公室，幾分鐘之後，當第二架飛機襲擊南樓的時候，摩根
斯坦尼的員工幾乎全部離開了大廈，不過雷思卡拉還是發現少了
三個人，他帶了二位助手返回南樓去尋找失蹤的員工，這時，南
樓倒塌了。

　　摩根斯坦尼在九一一中只犧牲了六位員工，包括雷思卡拉在
內，而三千七百多個家庭因為他保住了幸福。我們不禁會想，如
果雷思卡拉他是整個世貿中心安全的負責人，那麼更多的人可以
避免死亡。如果他是美國總統，那麼世貿中心可以不倒！因為只
要在世貿中心加設防恐怖設施；所以今天，當我們為了安全要早
一點去機場排隊檢查或是照成某些不方便，請不要抱怨，那是為
了你的生命著想！

歧視

　　一月二十一日是美國公眾假日——馬丁‧路德‧金日，是紀念是美國當代史上最著名的民權運動（civil right movement）黑人領袖（Martin Luther King,Jr.），人們稱他為馬丁‧路德‧金或金博士。在他領導下堅持抗爭，對黑人的歧視才在美國法律上被消除，而他卻付出了生命的代價。

　　在舊制度下的美國，黑人和白人生活在孑然不同的社會層次裡，黑人只能進黑人的學校，不能走進白人的餐廳和酒吧，甚至搭公共汽車也只能坐在最後一排，新法律規定了白人、黑人應該享受同等的權力，他們可以生活在同一區域，在同一間學校上課，同一餐廳用餐。雖說只是法律制度改變，但是之間的艱辛是不為人們所知的。

　　最近了一出根據真人真事改編的電影《以榮譽之名》（Men of Horner），深受感動，故事描寫了在上個世紀六十年代，一名黑人小夥子，打破了美國海軍不讓有色人種擔當潛水員的禁令，他敢於挑戰不合理的制度，不畏高壓，堅持自己懂理念，受盡了來自軍方的折磨，他所忍受的歧視，不是我們現在可以想像到的。

　　卡羅被招進了海軍，在那個年代，黑人只能當伙頭軍，連游泳都要和白人分開不通的日子，沒有人願意和他住一間宿舍，他也被那些同情他的人告知，無論他怎樣努力，後果都一樣，不會改變歷史。他還是繼續自己的理想，當他憑著毅力到了最後一關考試的時候，考官不忍心，隔夜告訴了他一個殘忍的事實，校長不會讓他通過考試的，勸他放棄。但第二天，他還是來參加考

試。考試在深海下進行，是組裝零件，學員們先要在海底把要組裝的零件先找到，然後讓岸上的人把工具袋吊下海，才能組裝。當輪到卡羅的時候，岸上的教官按照校長的指示，把工具袋給劃上了非常大的口子，有意讓袋子裡的工具在下沉的時候散落在海底的四周，他們認為能讓卡羅徹底死心。但卡羅並沒有放棄，而是冒著寒冷，冒著生命危險，在海底搜尋著工具，九個多小時過去了，他仍然沒有上岸，校長居然還下了死命令，等他不動了才可以把他拉上來，言下之意就是不讓他活，可是萬萬沒想到，他居然把零件組裝好了，這時的白人教官的良心發現了，不顧校長的大聲叫嚷，以降職威脅，當眾宣布卡羅通過了考試！

在這之後，卡羅還遇到了另外想像不到的人生考驗，甚至遇到截肢的打擊，也沒有讓他放棄自己的事業，他從不抱怨，也沒有投訴，只有默默地抗爭，因為他心中始終記著父親的教誨，要做，就要做最好的，不能退。

我們不能說，現在美國沒有歧視，問題是我們應該怎樣看待和對付，是怨天怨地裹足不前，還是敢於挑戰，堅持正義，值得我們每個人深思。

美國足球精神

（一）

　　一年一度的美國足球超級冠軍賽（Super Bowl）二月四日就要在底特律舉行決賽，這是美國舉國為之瘋狂的日子，這是每一年裡全美公路上汽車最少的日子，球季的門票從美金六百多直到五十八多；這還不算黑市的票價，連次年預定在西雅圖舉行的決賽票也早已售空，可見這瘋狂到了什麼地步了。

　　在今天，幾乎百分之九十五的足球運動員都具備大學學歷，而當一位出色的高中足球隊員得到獎學金的時候，他可以自由挑選進入在美國的任何一家優秀的大學，許多優秀的運動員退伍之後，更成了專業人士或商業的巨頭，其中有不少個人奮鬥的可歌可泣的感人故事，還有金誠石開的團隊合作精神創造的神話般奇跡，有的還更改了美國歷史，至今教育著美國青年一代。

　　美國最大的傳銷公司ANYWAY的總裁魯迪（Rudy Ruettiger），就是一個很傑出例子。生在一個有十三個孩子的賓州的工人家庭的魯迪，排行第三，從小就有自己的夢想，上大學，做專業的足球隊員。對普通人來說，也不是人人可以做到的事，對他來說更是難以登天。他有閱讀障礙，不要說上大學，就是完成高中，也需要克服常人所不能想像的困難。他身高只有五呎七吋，體重一百六十五磅，這對作為職業足球員平均要求達到的七呎身高，二百磅，防衛隊員通常有三百磅以上的身形相差甚巨，連他自己的父母和朋友都認為他異想天開。但在魯迪的字典裡沒有不字，

在連著三次被大學拒收的情況下，他並不洩氣，在COLLEGE苦讀四年，所有的學費生活費都是靠他自己打工賺來的，終於跨進了Norter Dame這所著名大學的校門。

雖然他執著的意誌和勇猛的表現，說服了足球教練把他收入了球隊，那是全美國最優秀的校隊，但根本就沒有機會正式上場，基本上都是在陪練，隊員們看他太瘦小，都不忍心碰撞他，但他總是認真地對待每一場訓練，並要求同伴也照作。根據條例，每一個足球員都必須至少上比賽場一次，才能算是正式的賽手紀錄在案；魯迪畢業前的最後一次比賽，隊員們以罷踢來要求教練讓他上出場，比賽還剩下最後一分鐘了，看來他似乎永遠沒有機會了，因為他們這隊在分數上已經領先，每個教練都會採用拖的戰術讓隊員們控制住球直到終場，但隊員們再次違背了教練的命令，使計讓魯迪上了場。

誰也沒有想到，在最後的七秒鐘魯迪創造了史無前例的神話，因為他衝破了對方的防守，在四分衛射球之前，把對方制服了，至今還沒有人做到，終場結束時，隊員們把他扛上肩膀，繞場奔跑，這是美國足球向隊員致敬的最高儀式，一百多年來，只有三位運動員得到這個殊榮，魯迪是第三位。魯迪向命運挑戰的意志激起了很大的反響，他的弟弟們都在他的影響下走進了大學並畢了業，他本人也成了著名的演說家和企業家。

（二）

一九七〇年十一月，發生了一宗美國足球史上的最悲慘的悲劇，西維吉尼亞瑪夏大學（Marshall University）足球隊在一次比賽結束後回家的途中，飛機失事，全體隊員，除了因故未上飛機

的四名隊員及一名教練外，全部喪身，連同一起前往觀戰的當地的名流，七十五個人失去了生命，屍骨都無法辨認。在忍受巨大的傷痛的同時，當地民眾和學生強烈要求大學董事會重組球隊，把足球運動進行下去，因為學校不能沒有足球隊，人們的生活也離不開足球，這也是對死去隊員的最好紀念。重組球隊，談何容易，全校足球精英都喪身了，而美國法律是不准大學一、二年級的學生打比賽的，如何為球隊補充新鮮血，如何把這股新生的力量擰成一股繩，在短短的時間裡把他們訓練得可以繼續打大學季賽，他們遇到了難以想像的困難。

　　校董們的決心感動了有關部門，為了能讓球隊繼續，他們特地為瑪夏大學修改了法律，可以讓新生上場比賽。在加上球隊挖掘了其他運動項目的精英，例如籃球、棒球等的運動員過檔，一支嶄新的球隊誕生了，但無論他們經歷了多麼嚴格的訓練，由於始終缺少經驗，他們第一次比賽慘敗，隊員們都沮喪之極，他們從小受到的有關足球的教育，可以用一個字來形容，那就是「贏」。況且，輸了球，怎樣報慰死去的英靈，何以向學校和家人交代，許多人甚至想到了放棄。這時，教練把全體隊員帶到了墓地，他說，真正的足球精神並不是贏多少次球，而是把足球運動延伸下去，他們雖然輸了球，但他們仍然贏了，贏在把球隊復活了，贏在讓人們看到足球強大的生命力，球員們的不屈不饒的鬥誌，只要努力下去，總有一天會得到冠軍。之後，球員們放下包袱，緊密團結，精誠合作，結果他們贏了下一場的比賽，這對一支由多數年齡十八歲，沒有得到長期系統的專業足球訓練的雜牌足球隊來說，非常不容易了。在這之後的二十年裡，他們不理輸贏如何，始終堅持自己的理念，堅持足球運動，最終他們隊──瑪夏大學足球隊贏得了國家冠軍隊的稱號。

　　每當看到美國孩子們大汗淋漓的在高溫下苦練足球基本功，不要以為他們只是一個強調個人奮鬥，金錢掛帥的盲目追從者的犧牲品，其實許多家長出資不斐讓孩子們接受訓練，除了足球是美國的傳統文化之外，也有意讓孩子在強壯體能之餘，能用淚和汗去體驗成功的不易，懂得成功需要集體的努力和長期的堅持，非一朝一夕。

足球和民權運動

　　在舊制度下的美國，黑人和白人生活在截然不同的社會層次裡，黑人只能進黑人的學校，不能走進白人的餐廳和酒吧，甚至搭公共汽車也只能坐在最後一排。新法律規定了白人、黑人應該享受同等的權力，他們可以生活在同一個區域，在同一間學校上課，同一餐廳用餐。頑強的舊勢力並不輕易讓步，盲目的仇恨把人們的雙眼都蒙蔽了，人們抗議反對，不肯就範，在維吉尼亞一個小鎮的普通高中的足球隊也未能倖免。當原有的球隊解散，誰是新成員，誰當主教練？曾經和馬丁·路德·金博士並肩戰鬥過的一位黑人教練擔當了此重任。在給他的任命中，也充斥了不平等條文，他的球隊不能輸一次球，否則他就會失業。怎樣才能讓不同膚色的孩子們走到一起，並且緊密合作去打比賽，這位教練真傷透了腦筋。最後他利用孩子對足球的狂熱，給了不願意合作的球員們下了死命令：白人、黑人沒有分別，新球隊的首要規定，必須交一個不同膚色的球員作朋友，詳細瞭解對方的家庭和生活習慣，如果那一個隊員不照作，那意味著再也不能打足球了。再不情願，孩子們也只好硬著頭皮去瞭解一個陌生的民族、討厭的膚色種種細節，然後向教練報告。說也奇怪，在這個過程中，他們發現了在不同的表面現象下，彼此蘊藏著很多類似的習慣和愛好，尤其是對足球的熱衷程度。孩子們相信了教練所說的，如果連基本的東西都不熟悉，那仇恨根本不是真實的。在加深了彼此的認識後，又覺得沒有相互仇視的必要。孩子們走到了一齊，但是他們卻受到很大的壓力，壓力來自各自的社區和家庭，甚至得不到家人、朋友的體諒，有人的女友甚至提出了斷交

來表示不滿。

　　教練要隊員們沉住氣，相信只要打好比賽，和他們一樣熱愛足球的人們到時肯定會熱愛他們這支黑白混合的隊伍，那時所有的誤會和隔閡都會消失。果然當他們贏得比賽後，他們不僅得到了親朋好友的諒解，也得到了社區的支持。足球戰勝了民族之尊，打贏了種族歧視這一仗。

　　其實，在今天的美國現實社會中，不平等的歧視還是存在，只是希望，無論是什麼樣的膚色的人種，都應該打開心房，加強瞭解尊重，尋找彼此的共通點，這樣才能跨越任何的種族鴻溝。

聖誕節的意義

　　熱鬧的聖誕節過去了。有人說，聖誕節只是帶給了商家一個傾銷商品的藉口，也有人認為聖誕節完全是帶有宗教色彩日子，不過給了一些政治和宗教的人物多了宣傳自己的機會，以至有些的團體及個人紛紛提出要廢除聖誕節。

　　無神論者的我，卻熱愛過聖誕節，因為喜愛這節日的氣氛，因為可以有一個絕好的機會讓全家在一齊，吃大餐、談天說地，圍坐在聖誕樹前拆禮物，歡笑滿室；在現今的世界裡，緊張的工作生活節奏，早已使人於人之間越來越欠缺溝通的時間，計算機，電視和互聯網剝奪了更多的家人相聚時間。我尤其喜歡交換禮物這一聖誕節傳統，為的是從中可以感受平時未必感受到的親情友誼的關懷。就拿兒子來說，平時總覺得他把家當成旅館，上班、上學行色匆匆，連想跟他說多一句話，他都說沒有時間，因為要趕著上網玩計算機。還以為他親情淡薄沒得救，不料這次他居然親手砌了球形海洋生物拼圖送給海洋狂熱者的我們，花了幾小時的時間，只圖博我們一笑。而接到他女朋友送來的按摩椅背，才知道我們平時腰酸背痛的小毛小病，他們並沒有走眼。朋友曉勤送的聖誕禮物，更讓我喜出望外，一個自動碎紙機。因為她在我眼裡，只是一個開朗活潑無憂慮的小妹妹，沒想到她居然會有如此先進的自我保護意識，因為在美國，每時每刻都會發生好多起個人數據被盜案件，要做到防範，必須從每個人做起，她的禮物除了讓我備受關懷外，也得到了一個善意的提醒，在這裡我要向她衷心說一句多謝。

　　其實，如今聖誕節那種特有弘揚愛的氛圍遠遠超出了基督

教傳福音，送佳音的傳統，也從家庭團聚擴展到全人類的傳播友誼和關愛，人們用很多方式來表達自己對社會，家人和朋友的關心，如免費的聖誕餐，去醫院探訪病人，組織各種類型的聯誼活動等等。有一年的聖誕夜我們全家在洛杉磯渡過，下午來到洛市最大的音樂廳，想欣賞長達七小時全球轉播的免費入場聖誕音樂會，出乎意料，當我們下午三點到的時候，長長的入場隊伍見不到尾，還以為聖誕夜家家都在家歡度聖誕，卻沒想到人人都想感受一下普天同慶的歡樂。眼看是沒有機會入場了，我們就在音樂廳對外的露天廣場從巨大的螢光幕欣賞場內的演出，不光是我們這些遊客，還有許多穿著節日的盛裝，扶老攜幼地當地家庭興致勃勃地觀看著演出，不同膚色人種的人們在臺上盡情盡力的演出受到了場內外的歡迎，在這一時刻，人們忘記了宗教紛爭，忘記種族仇恨。當一批有著智力障礙的表演隊伍在臺上用鈴鐺演奏起人們熟悉的歌聲時，場內外的人都齊齊站立，用熱烈掌聲鼓勵他們，我想他們能感受到這掌聲中流露無窮的愛，我想這也是蘊藏在聖誕節日中的真正的意義──傳遞和感受愛的力量。

人體實驗

最近看了王小波的雜文集，其中一個故事勾起了我的回憶。那是在他插隊落戶的年代，地區醫院的醫生只開闌尾炎（又稱盲腸炎）。有一次他因病住醫院，閒著沒事，和其他病人一齊在四面都是玻璃窗的手術室外看著手術進行，互相打賭醫生需要多少時間才能把闌尾找出來，有的兩小時，有的三小時，沒有人在一個小時內找到的，有一個他的哥們，醫生打開他的腹腔，找了三個小時還沒有找到，醫生急得把這人的腸子全掏了出來，因為農村沒電，天黑了就不好辦了，總算在太陽落山前把他的盲腸給割了，醫生還抱怨說，為什麼人的盲腸這麼小，太難找了！原來這些醫生以前是軍隊的騾馬衛生員，給軍馬動過手術，馬的盲腸比人的大多了，醫生們這樣說。當王小禾規勸他們不熟悉人體不應該給人做手術時，誰知他們振振有詞的說：「越是不熟悉就越是要動手，在戰爭中學習戰爭。」

我十歲左右的時候，在上海第一人民醫院做左腳的踝關節矯形手術，之前說好了是一位主治醫生給我動手術，但到了手術的那一天，手術室裡來了很多穿白大掛的年輕人，但就是不見那位醫生。後來才知道，那位主治醫生進了牛棚去改造了，也沒有人徵求我們的同意甚至是知會一聲，幾個醫學院的學生就七手八腳的就對我的腳動起手來了。我說的七手八腳一點都不誇張，如果只是做踝關節的手術，最多需要兩個人，可其他的人不肯閒著，對我的右腳產生了興趣，這個說，這條跟腱應該放長，那個說，那麼大腳趾這邊的也應該動一動，右腳折騰完了，也不肯放過已經做了踝關節骨頭矯形的左腳，終於兩隻腳被割開了大大小小

七、八條口子才罷休，當家裡人看到從手術室推出來的我的雙腳都打上了大石膏，當下傻了眼。當然，做腳的手術不比做盲腸手術，怎麼折騰都不會有生命危險，但是我畢竟不是急性病，不說別的，一次過開那麼多口子的後果是傷口長不好。那年頭，什麼都是配給供應，我家已經為我的踝關節手術後定下了每天兩個雞蛋（還是托人從湖南通過火車上的乘務員幾經幸苦才帶來的），一杯奶粉沖的牛奶和兩個肉包子的額外營養計畫，但是始料不及醫學院學生們給我的厚愛，這些千辛萬苦弄來的營養，怎麼也滿足不了傷口癒合的需要，只記得腳上的石膏拆了又打上，很久才等到腳上的傷口全部癒合。

只有在那個瘋狂的年代才會發生這樣不可思議的事情，只是希望當年為我做手術的醫學院學生們，應該早就成名成家了吧，那我也不冤做過他們的實驗品！

民族仇恨

　　不知是誰給我們這些有異國婚姻的中國女人起了一個綽號，叫做「八國聯軍的家屬」，後面還加了一句歇後語「───沒有腦子」，猜想這句話的意思是說沒有腦子的人才會嫁給民族的敵人。其實不然，我正是帶著滿腔的階級仇、民族恨才委屈下嫁我老公的，不過我一早就嚴正的向他宣布，因為他是雙重敵人───德國鬼子加美國鬼子（美籍德裔），所以他必須成為我的奴隸！

　　朋友小倆口為了是否要宴請一位和日本人同居的女友發生了爭執。先生意見，堂堂中國女人怎可以淪為日本鬼子的二奶，簡直是往中華民族臉上抹黑。可我卻認為那女孩簡直可以稱為民族英雄，因為她不動真槍實彈，不費任何口水，就瓦解了日本的經濟，把對方的錢財都支持了中國經濟建設，起碼促進了經濟消費，破壞了日本的社會安定，最低限度已經顛覆了那日本家庭的幸福。家庭是社會的基本單位，家庭不穩定的後果，就會引起社會動盪，那樣不就可以把民族仇人置於死地了。

　　中華民族是多災多難的，歷史上多次受到的外族侵犯，這種恥辱和仇恨，在老百姓的心上壓上了重重的石頭，讓人透不過氣來。怎樣才能疏導這種沉重情緒，我不由的想起了英姑，她是我多年前在香港住院時的病友。剛認識她的時候還以為她是一個兒孫滿堂的老人，因為來看望她的年輕人絡繹不絕。其實她是個孤老，在她二十多歲的時候，一天早上，等她在菜市場買了菜回家，兩個兒子和丈夫已經被日本人的炮彈奪去了生命！當看到前二十分鐘還生龍活虎地在吃自己親手做的早餐的親人們，已經被炸血肉橫飛，屍首不全的時候，她立即暈倒了，直到收屍的人見

她還有呼吸，才把她從屍首堆裡救了出來。她打了一輩子住家工，沒有再成家，怕再失去。但她卻把滿腔的母愛傾注到她所帶大的孩子和左鄰右舍的孩子們身上。曾問她，是否恨日本人，她說，光有恨有什麼用，雖然自己不識字，卻知道這個世界上太多的人想爭做第一，所以才會有戰爭，如果當時自己的國家是富強的，那麼日本鬼子怎敢在中國國土上撒野？所以不忘歷史的教訓，先要熱愛，保護和富強自己的國家，為了這一點，每個人都要盡自己作公民的本分，從日常生活的點滴開始，而英姑覺得自己可以做的，是言傳身教，教育年輕人熱愛生活，為建設自己的國家不於餘力。何等明智的心態，坦蕩的胸懷，因為她懂得民族尊嚴建立在國富民強的基礎上。

崑曲義工白先勇（上）

　　白先勇小時候觀看了一齣由俞振飛和梅蘭芳演出的崑劇，雖然當時他還小，並不懂得其中的故事情節，但崑曲那婉麗嫵媚、一唱三嘆的曲調卻給他留下深刻印象。絕對沒想到很多年之後，他可以把中華民族的優秀文化遺產搬上了舞臺，更沒想到這個中難度超出了自己所想到的千百倍。

　　今年是中國十六世紀（明中葉）富有傳奇色彩的、偉大文學家戲劇家湯顯祖逝世三百九十周年，《牡丹亭》就是他的經典著作，也是崑劇舞臺上最有代表性的劇目。無論詞藻、唱腔、音樂、身段、表演等方面，均達到了盡善盡美的地步，是中國古典戲曲中的璀璨明珠。

　　說起湯顯祖，時下的年輕人沒有幾個知道，但說起和湯顯祖同一年死去的英國著名劇作家莎士比亞，可能知道的人反而多。莎士比亞的名劇《羅密歐和朱麗葉》幾個世紀來傾倒了多少觀眾？可是只有為數不多的人才知道杜麗娘和柳夢梅蕩氣迴腸的愛情故事。

　　《牡丹亭》宋朝南安府太守杜寶的女兒麗娘，遊園傷春，觸景生情，睏乏後夢中與書生柳夢梅幽會。從此一病不起，懷春而死。秀才柳夢梅進京赴試，借宿觀中。他在園內拾得杜麗娘殉葬的自畫像，暗生情愫，終於和畫中人的陰靈幽會。柳生依暗示掘墓開棺，杜麗娘起死回生，兩人結成夫婦，同往臨安。柳生在臨安應試後，恰逢金兵南侵，延遲放榜。安撫使杜寶在淮安被圍。柳生受杜麗娘囑託，送家信傳報還魂的喜訊，反被囚禁。金兵退卻後，柳生高中狀元。

　　此劇女主角因夢生情，尋夢不得，為情而死，死後三年，又因情復活的故事情節，加上文辭美、意境深，加上情感化的唱腔、文詞化的身段，配合了含蓄傳神的詞句，優雅動人的音樂，把杜麗娘的形象塑造得無比的感人，比「無聲不歌、無動不舞」的境界更進了一層，是戲曲的經典之作。可以說在中國傳統表演藝術中，結合了精緻的音樂性、舞蹈性及文學性，非「崑曲」莫屬。二○○一年，聯合國公布的「人類口頭非物質文化遺產」上，崑曲列為第一名。

　　多年來崑曲一直有著傳承的危機，因為崑曲的第一線的老演員都退休了。他們的絕活如果再不傳下來就會失傳，崑曲就會在我們這一代斷層。白先勇認為保護和傳承崑曲這一世界歷史文化遺產，只有把崑曲搬上舞臺才能成就其最終生命。為了重現美好的藝術，身為文學家的他從幕後站到了臺前，開始不遺餘力的推廣崑曲。

崑曲義工白先勇（下）

　　我們一行四人興沖沖地相約去聽白先勇有關介紹《牡丹亭》青春版在即將灣區上演的演講，同去的一位朋友問我對崑劇的認識，不諱言在我的記憶中，崑曲不是容易欣賞的，在中國戲曲中，絕對屬於「陽春白雪」。我小時候也看到過俞振飛和梅蘭芳演出的崑劇電影，覺得很悶場。聽說《牡丹亭》青春版的全場上演時間長達九小時，我真的很猶豫，我如果去看，能不能坐那麼久？所以這次去聽白先勇的演講，除了抱著敬意外，還懷著強烈的好奇心。

　　白先勇認為崑曲把中國傳統的文學詩性，音樂韻律，舞蹈神髓以及心靈境界，發揮到完美極致，而崑劇更給了他寫作上的靈感，他的小說《遊園驚夢》首先和崑曲結下了文字緣，因為《遊園驚夢》不僅描寫的是崑曲，小說中人物的命運也和崑曲息息相關。有人認為，湯顯祖的《牡丹亭》經由白先勇的《遊園驚夢》活了過來，這話一點都不錯，因為根據《遊園驚夢》而改編的同名舞臺劇，早在上個世紀的八十年代就轟動了臺灣和大陸兩地。在聯合國公布崑曲為「人類口頭非物質文化遺產」之前，白先勇早已為推廣崑曲不遺餘力地奔波了二十年了。

　　為了能讓整個中華民族和全世界都能認識到崑曲的價值，才能在根本上復興崑曲，為此他要在舞臺上重現四百多年前《牡丹亭》這出鬼哭神泣的愛情故事，表現了古代青年人思想的解放，以及對愛情的衝動和浪漫追求，本身具有生命力。但是如何讓現代人能欣賞原汁原味的崑曲，簡約寫意詩化的美學？白先勇自有辦法。他決定對湯顯祖的劇本只剪不改，更集合兩岸三地一流人

才在選角培訓，舞臺布景，燈光服裝上下大功夫，力求把崑曲的本質襯托的更完美。他大膽啟用年輕演員任主角，這在崑曲的歷史上堪稱創舉，崑曲要求演員除了唱腔正統，身段優美，甚至眼波轉流都非常講究，以前都是由累積幾十年爐火純青演技的老演員才能擔當主角，如今白先勇卻要打俊男美女牌，很多人質疑，不過白先勇卻認定璞玉經啄必可觀。他請來了崑劇老前輩，對兩位青年演員進行長達一年的魔鬼式訓練，連一個水袖點到為止的細節都不放過，而他自己甘為青年演員作貼身褓姆，褒湯送藥，關懷無比。

　　白先勇成功了，崑曲復活了。在演講會上播放的紀錄片中看到，當此劇上演的時候，臺灣、北京、上海的名校大學生爭先恐後入場，場內座無虛席，演出後的掌聲雷動，演員欲罷不能的謝幕，我的眼角也濕潤了。

　　演講會上還播放了《牡丹亭》演出的一些片段，就象白先勇所說，只用一個字「美」就可以形容，演員扮相美、唱腔美、詞句美、舞姿美、服裝美、燈光美、故事更美，因此我知道了《牡丹亭》為什麼會成功，因為愛美之心人人皆有，誰會抗拒美麗的《牡丹亭》？連和我同去聽演講的朋友，在演講會尚未結束的時候，已經張羅著要預訂九月份在派克萊大學上演的《牡丹亭》門票了，要知道在之前她是對崑曲完全沒有認識的人。《牡丹亭》成功，還有一個原因是宣傳做的好極了！大量的有關《牡丹亭》書籍、劇照、錄像和演講讓人們在入場之前已經對《牡丹亭》有瞭解，所以在觀賞的時候更容易投入劇情，對崑曲的表現形式會有更深刻的理解。我敢肯定，《牡丹亭》的上演會在灣區掀起崑曲的熱潮，而這股熱潮也值得讓我們反思一下對藝術作品精益求精的重要性。

關注

電視上那個小男孩，兩行淚珠在蒼白消瘦的臉龐上淌了下來，他無力地敘述著：「我要求醫生無論如何保留我一隻手，可是……」他說不下去了，鏡頭搖向他的手臂，白紗布包住的殘臂……地震無情地奪去了他的雙手！

唐山大地震的時候，我的骨科醫生也奔赴災區救援，事後我曾經問他，在災區甚麼最令他難忘？他說：「那些殘肢，那些堆成小山一樣的殘肢，在我眼前老是揮之不去。」說著，他痛苦地閉上了眼睛。

地震會過去，房屋會重新造起，時間會沖淡對死難者的哀思，可是他們，那些在地震中失去了健康的人們，他們的路應該怎麼走？而且要帶著尊嚴的走！

梅姨是我的病友，她突然發生了血液中毒，發生之快和兇猛，令醫生在特效藥來到之前必需要切除四肢來保全她的性命，命保住了，可是她只剩下了短短的兩只上臂和臀部下勉強可以稱為大腿的部分了。香港的福利政策可以讓她長期住在康復醫院，每天物理治療師幫她裝上四個假肢，讓她下地活動，這個過程很長，但是治療師還是耐心地一個一個幫她裝，一個一個幫她調適，差不多每次需要花上一個小時左右的時間，然後讓她慢慢地自己扶著輔助架慢慢地在物理治療室走一圈，然後在幫她除掉假肢，作一些其他的鍛鍊。我曾好奇地問治療師：「難道你們還想讓她自己上街走路？」治療師回答說，「當然不是，我們都不讓她在病房裡走路，因為人多會撞倒她，這樣做，只是想讓她多少回復一下最原始的本能，這樣在心理上對她也有很大的幫助！」

　　等梅姨稍微可以掌握自己的假手的時候，治療師又來和我商量，讓我教她畫畫，我擅長畫的是一種機理較粗的油墨水畫，梅姨學的很認真，她吃力地握著筆的假手，艱難地在紙上來回塗抹的，終於第一張作品誕生了，她高興得直嚷嚷「我還有用，我還能畫畫！」

　　智賢是設計師，一次意外摔斷了脊椎，造成了全身癱瘓。他全身沒有知覺，唯有左手可以舉高一些，醫生做了一個特殊的筆，綁在他的手上，那樣他就可以利用那只筆按鍵盤來玩計算機了，他常常設計出一些十分漂亮的招貼畫，貼在自己電動輪椅的後面，在醫院裡「招搖過市」，而我們都是向他索取設計的客戶，在某種意義上來說，他還是在幹老本行，最近他在給我的電郵中說：「我在一家建築公司找到了設計圖紙的工作，我要賺多些錢，加強電動輪椅的馬力。」

　　四川地震，傷者數目高達二十九萬人，又生活在山區，怎樣幫他們發掘自己的才能或是學會一些技能，讓他們覺得自己還有生存的價值，希望政府有關方面可以效法香港和國外的經驗和做法，只用救濟施捨的方法讓他們生存，這種憐憫，是對他們的最大傷害。

七小姐的廚房

　　在舊金山市立總圖書館聽了一場精彩的講座，由一位八十八歲的老太太主講。她就是灣區主流餐飲業的有功之臣，人稱孫家七小姐———江孫蕓女士。談談她傳奇的一生及最近出版的英文自傳暢銷書Seventh Daughter：My Culinary Journey from Beijing to San Francisco，紐約時報評選為二〇〇七年度最佳食譜之一。

　　書中描述了江孫蕓不尋常的家世，以及她如何在一九五八年至一九九一年以異常的魄力和革新的姿態，投資百萬元，在舊金山創立了了福祿壽餐廳（The Mandarin）打入美國主流社會，當年的Herb Caen、金凱利、帕瓦羅蒂、列根總統、斯義桂等名流，皆是座上客。這位灣區主流餐飲業至今不能忘懷的「有功之臣」。她的「教育美國人認識中華美食」意念至今被人津津樂道。她的那家在一九六一年成立的「中國餐館」，可以說是舊金山餐飲業有歷史象徵意義的烹調會所。當時，最有名的餐館，除了Doro屬義大利餐館外，都是法國餐館。沒有一家中國餐館上名餐館名單。可是江太太只烹調正宗的中國食物，在她的菜單上，找不到「甜酸肉」之類其他中國餐館不可少的菜，廚房出品的食物用最好的餐具呈現，她甚至用精緻的銀器餐具招待客人；她的餐廳裝修豪華雅致，別出心裁地把父親的貂皮大衣掛在當眼處，招待員訓練有數地招呼客人。

　　其實早在一九七九年，江孫蕓已出版了一本烹調專著《中餐法》，也是她的事業開始走上了繁盛的時代，上電視，開烹調講座班，為國際性飲食雜誌，報紙供稿，直到一九九一年退休，她都還在為灣區最有影響力的餐館Betelnut和Shanghai1930做顧問。

二〇〇四年，她被選為柏克萊加州大學Bancroft Library——加州傑出酒類與餐飲口述歷史光盤製作計畫的口述計畫訪問者，十五位口述計畫訪問者中她是唯一獲選的的華裔烹飪專家。中文報紙、舊金山紀事報、紐約時報皆有大幅報導她故事及新書。此書已被提名二〇〇八年的James Beard Books大獎。

　　我有幸和朋友去江太太在Sausalito的家拜訪，她在自己的開放廚房裡給我們端來了美味的雞湯，她烹製的生菜雞鬆，至今是全美餐廳最受歡迎的菜肴之一。如今的江孫蕓，依然充滿活力，還可以自己開車，獨自去世界各地旅行，八十八歲，派對不斷，每天行程滿滿，受邀在圖書館及英特爾、思科等科技公司演講，她非常風趣，娓娓道來，聽者欲罷不能，「我活得值呀！」她說。七小姐江孫蕓，無悔今生！

讀者

一

　　專業文字工作者，最開心的莫過於有讀者的回饋，大家互相有交流的機會，增進瞭解，乃是寫作的另一種回報。以下的信件來往是最近我碰上的一件樂事：「崇彬女士：您好！數天前看到您的大作《提倡簡單思維》，內提及相信可以簡化思維，少很多煩惱和不開心……我非常贊同您的觀點，謝謝您的的指教。我簡化了我在〈朋友〉一文中情形，在此容我作一番解釋，希望您不介意……總之檢討自己，那怕根據小城狀況、朋友習性，姑不論真實性有多高，都還是屬於推測之論。這種行為應該改正。提倡您說的簡單思維，是最正確的選擇。謝謝！」

　　原來是我在信手拈來的來做例子一文的作者雲霞給我來的信，她真摯解釋，更正了我對她那既便是一絲的誤解，她不是一個小氣量的人。而她誠懇的檢討，倒使我感動，所以趕快回了一信，「……只是那樣隨意地用了你文章來舉例子，就事論事而已，絕對沒有指教或批評的意思，因為我總是覺得，每個人都有自己的生活模式和方法；如果我的隨意引起了你的不舒服，那就要向你道歉了。」她的回信更坦率：「很喜歡妳這篇就事論事文章內的觀點，這些日子來，腦子一胡思亂想，就趕緊提醒自己要簡化思維，別把事情越想越複雜，煩惱跟著來。」我完全沒想到，她會如此的嚴格要求自己，我也向她坦白相對：「每個人都有胡思亂想的時候。我常常這樣，有時會懷疑人家，這篇文章也

是提醒我自己，希望我們共勉！」

一來而去，我們互相通起信，聊起家常來了，知道了她八年前因先生工作調動的關係，離開了住了二十年的多倫多，搬到小城，位於新墨西哥州的阿布奎基市（Albuquerque）。因為我曾說自己和先生計畫去小城過退休生活，她就非常細心向我介紹起小城的狀況，並邀請我去玩，我以為從此多了一個朋友，卻不知更巧合的好事情在後面。

當我問起她近期有什麼作品問世，她好像向一個老朋友介紹自己的孩子，如數家珍：「承蒙問及作品，不好意思，我只是搬來ABQ後，提前退休，才重提銹筆，零零散散在報上投稿。最近四月十七日刊登了《人間菩薩》，五月一日《相思卷》，五月八日將登《媽媽的背影》，五月十日登《花花世界》。真感謝編輯給我的鼓勵，幾年下來陸陸續續累積了近百篇。玲瑤鼓勵我出書，介紹紐約柯捷出版社給我，於上個禮拜自費出版了第一本書——《我家趙子》。」好一個勤快的作家，老實說，我非常喜歡她的文筆，所以馬上回信：「想不想參加我們海外女作家協會，我願意當你的推薦人。」想不到她告訴我已經在辦理入會手續了「手續正在進行中。待一正式入會，我會時時與妳分享我的喜悅。」

我們從相互的讀者已經變成了文友，從閱讀文章開始認識，從討論文章彼此瞭解，從熱愛寫作走到了一起，我有多麼期待在明年的海外女作家協會年會上和她歡聚，期待有一番暢談！

二

直到今天仍然不知道夏天是男是女，從名字上看，因該是

「她」。當我收到她的第一封郵件時，真有些驚訝，因為她離我是那麼的遙遠：「我常閱讀你刊登在原載《星島日報》副刊的文章，所以寫email給你，希望可以跟你分享寫作及閱讀的樂趣，先自我介紹，我在澳門生活，是會計員，喜歡閱讀和旅遊，喜歡瞭解美國這個國家及生活特質，喜歡閱讀別人對不同事物的看法，可以能使自己在多方面認知不同的觀點，我也會在網上blog上寫些自己的感想，及發表一些意見。」

雖然這只是一封普通的讀者來信，但我感到很振奮，不僅是為意外得知我的讀者並不侷限於美國國內，卻是為了她認同了我寫專欄的目的：把自己對現實社會的瞭解和看法與讀者分享，如果能有像夏天這樣的讀者可以一起互動討論，那就給單向的專欄寫作帶來的生氣。所以我就急不可耐地問她如何看待最近鬧得沸沸揚揚的亞洲第一富女人龔如心遺產一事，其實那時我已寫好了有關感想的文章，但是還沒有見報。夏天的觀點是非常正面，她完全沒有普通市民那種八卦的心態：「小甜甜的新聞成了熱門話題，當我越看越覺得，人擁有億萬財產又為何？正如她小甜甜，幾百億身家，生前節稅，每天都忙於工作，前十幾年為爭家產與她家公對峙，弄成家庭不和，到她現在死後，為她的家產又將會展開爭產風波，打官司花掉幾億的費用，為何不將這幾億去捐贈給沒飯吃的窮苦大眾？她有億萬家財，死後什麼都帶不走，所以我對此感到可悲。」

是的，這宗新聞帶給我們很多思索，錢的意義是其一，另外怎樣看待遺產，是每一個人都可能遇到大問題，這就是我寫在「遺產」一文中的觀點：遺產的分配取決於製訂人的意願，遺產可以給外人或者能給人們一個警覺，長輩的財產並不是必然的留給下一代，這對那些覷覦長輩的財產，並不讓他們有好日子過，

巴不得他們早死的人會是一個很大的教訓。

　　事後夏天給我寫來了讀後感；她是這樣寫的：「我以為你會詳述小甜甜的的內容及看法，但閱讀到的是以她的事件引申出的遺產的問題，怎樣說那，由於小甜甜的世紀爭產案，都是億萬富豪公開的爭產事件，是平民大眾飯後的閒聊話題，並不是很貼切於普羅大眾的貼身問題，你的文章後再以另一事件帶出遺產的近於普通市民所能遇到的，這能給與我們讀者，更可關註於此，好比只詳述富豪事件來得更有意思。」看來我的目的已經達到，我又和她討論這起事件的真實性，因為我覺得有理由相信龔如心會這麼做，因為她並不是慈善家，而是事業絕對是生命全部的人，況且她的夢想並沒有完全實現就離開了人世，所以不排除作為條件把錢全部留給一個她認為可以幫她實現理想的人。

　　夏天的回信充滿了同情之心：「講真的一句，一個女人身邊沒男人沒家庭，她的生活及生命以寄託工做事業，還可以有什麼寄託，更何況事業是她及她丈夫一同打江山回來的，若她對其丈夫的感情，一定會搞好她的地產王國，或者你說法是對的，可能她有個人的心願其家人不能為她實現，只能託付她心中適合的人選．可以這樣說吧！但以女人的角度去看，她是個可憐的女人。」

　　和夏天的互動，讓我更覺得當一個專欄作家有不同於小說家、散文家甚至於記者的另一層次意義，那就是可以和讀者有深度的共用現實精神生活，我很享受這一點。

三

　　去年回香港，照例去威尼斯親王醫院復診，我的主治醫生

吳建華高興地對我說，我在報紙上看到你，知道你在美國生活得很好。原來，他來美國開會，在飛機上閱讀報紙，碰巧看到我寫的專欄「和鸚鵡對歌」，知道了我的生活點滴，他接著開玩笑的問，你家的鸚鵡會不會叫你的名字？吳醫生前後替我開過兩次刀，都非常成功，他一個非常關心病人的醫生，居然能在出差的旅途上，從報紙上得知他所關心的病人的消息，我尊敬的醫生成了我的讀者，我們都被這巧合激動著。

最近一次採訪，碰到了素不相識的讀者，她驚訝我要比報紙照片上年輕，我卻詫異她會記得我曾經寫過得很多細節。我們相談甚歡，分手時，她再次認真的說：「考慮一下我的話，把專欄上的照片換掉。」如果說被人關注是一種幸福的話，那麼，無意之中幫到讀者更是作家的意外收穫。

曾經在「書的價值」一文中寫到過一位讀者的經歷，她是國內一位失婚的下崗女工，為了女兒的前途，通過婚姻介紹所，找到了一位美籍墨西哥人結婚，不顧自己不會英語，毅然帶著女兒來到美國，雖然墨西哥人家境不錯，女兒也如願以償在當地上了小學，但是日子卻過得並不如意，矛盾也愈趨激烈，發展到男方動手打人，並提出要把她送回大陸。她為此心急如焚，碰巧在圖書館看到我所寫的書中有關領養孩子的章節，想盡辦法聯絡到我，希望能助她女兒留下。當然她女兒不具備被領養的條件，她本人也不清楚自己定居的條件，以為只要和美國公民註冊了婚，就順理成章的可以拿綠卡了。其實任何以公民未婚妻身分進入美國的外籍人士，必須在九十天內註冊以及向移民局遞交申請綠卡的I四八五表格，如果超出了九十天，你的婚姻被視為無效，當然居留也是不合法的了，就算是受到虐待，也只能遭到遣返的後果。那位墨西哥人開始確實是依法辦手續的，但由於費用

沒交足而退回了移民申請表格，但此時雙方的矛盾已經見深，所以男方也就沒有打算再申請直到過了期限。經過多次的通話，我對她的忠告始終是，把能夠證明自己處境的檔案，包括那份退回的申請表都複印留底，找不牟利的華人團體裡移民律師幫忙，萬一遭到遣返，還是回去，不能把身分黑掉，因為她的目的只是讓女兒接受美國教育，女兒還小，以後或者會有其他的途徑來美國上學，要是身分黑掉之後，那麼，起碼十年不能再進入美國了。

之後，她好久沒來電話了，我還以為她回國了。上個月，突然接到她的電話，千謝萬謝的，原來她真的找到了一位律師幫她，而那複印的移民申請表格成了最有利的證據，移民局批准了她和她女兒的合法居住，政府並為她安排了免費住所及生活補貼，女兒可以繼續學業了，她說要不是聽了我的話，及時的複印了退回的申請表格，後果不堪設想，因為後來這表格就不見了。我為她能開始自己的新生活而深表祝福，但也叮嚀她要循規蹈矩遵守美國的法律，安安定定的生活，這樣才能達到自己的目的，把女兒培養成人。

她的故事，也激勵我格守自己寫作的準則：如能寫出感動讀者的文章固然好，能給讀者一些啟發也不錯，最低限度是可以和讀者分享資訊和資訊。

偶像的作用

　　還沒來得及看到當日的副刊專欄，已經收到讀者看後電子郵件回饋來信了，收錄如下：

　　矗作者：

　　　　你好，你還記得我嗎？我是Kim，你的讀者，今日閱讀你的偶像專欄，內容是翁靜晶小姐，我也很敬佩她。我已閱讀她多本的書籍及專欄。她真是一位很能幹的女性。我現在都正在念法律學位，或多或少都受到她影響。本人大學時不是念法律本科，畢業後，漸漸對法律有興趣，就去再讀法律，這開始的階段真是很漫長。所以想到翁靜晶，只要努力，是會成功的。

　　　　是的，你是常讀她的專欄及書籍嗎？因我看到你寫的內容都很清楚她的背景哦。其實我都很想email給她，想跟她有個交談，但想到她那麼忙，就沒了。

　　　　作者，希望我們可以多些聯繫心得啦。

　　　　祝生活愉快

　　　　　　　　　　　　　　　　　　　　　　　　　　Kim

　　看了這封讀者來信，應證了我們常說偶像的作用是巨大的話是對的。小時候，很嚮往做律師，在我眼中，律師是需要才學兼備，並且思路敏捷、口才出眾，曾經也想過有朝一日能當上律師就好了。上大學的時候，學的是管理，法律是必修課，領教了個中的難纏，再加上個人經歷，為生活兜兜轉轉，如今年過半百，

明白這輩子已是不可能有機會踏足法律界的了，所以把我對律師的熱愛，化作了看法庭戲，讀法律小說和文章的熱情。不過看到Kim抱負，也覺得非常的安慰，因為法律界後繼有人了。所以我立即回了一封信給她：

> Kim讀者：
>
> 　　多謝你的來信，讓我們成為知音。可能我比你年紀大很多，所以我留意翁靜晶十多年了，在美國找不到她的著作，但可以看到和聽到她主持的節目，當然還可以看到她寫的專欄。我建議你和她聯繫，只有她才知道有沒有時間答覆你，但是表不表心意卻是你可以做到的。即便是她沒有時間回你的信，至少當她知道自己的努力激勵了他人，她會高興的。
>
> 　　一個人能為實現自己的理想而努力，做自己喜歡做的事情，是一種福氣！堅持就能勝利，衷心地祝你成功！
>
> 　　　　　　　　　　　　　　　　　　　　　　轟作者　敬上

英雄

　　每年國殤日，都會和先生去國家公墓拜祭在戰爭中失去生命的他家人和朋友，最令我感觸是行行排排整整齊齊的白色墓碑，靜寂的可怕，不過每一個墓碑前迎風飄揚的美國國旗，卻清楚地表明瞭每一個墓碑下面長眠的人都是國家的英雄。戰爭不但造就了英雄，而且讓人們在最殘酷的境遇下，發現了被歪曲的最純樸的人的本性。

　　在二次世界大戰中，最慘烈的一戰要數太平洋戰場上的硫磺島戰役，短短一個月裡先後有二萬二千個日本人和二萬六千個美國人戰死。經過了浴血戰鬥之後，在雙方死傷慘重的情況下，倖存的六名海軍陸戰隊隊員躲過敵人的炮火，把美國國旗插在硫磺島最高點——折缽山上。一位新聞記者照下了這美國二戰歷史中最有紀念性的場面，照片被刊登在當年美國報章頭版頭條，徹底振奮了美國國民的士氣，其後又被無數媒體引為經典，並因其悲壯的歷史性和宏偉的藝術角度被授予了普利茲獎。

　　這六位插旗者被美國政府以英雄級別的禮遇接回華盛頓，接受全民的勝利歡呼。不過這些英雄卻痛不欲生，因為他們自認是踐踏了戰友的名譽。原來當旗幟真正插上的那一刻，攝影師並沒有在場，而插旗的戰士都傷重隨即去世了，這時隨軍的一位國會議員要求把這面有意義的國旗據為己有，就在換旗的時候，攝影記者拍下了這麼一刻，所以說被當作英雄對待的照片中的插旗者並不是真正原班人馬，所以他們不認為自己的英雄，覺得愧對死去的戰友。其實誰出現照片上並不重要，真正的英雄是所有參加過硫磺島戰役的官兵們，因為沒有全體官兵的浴血，那面美國國

旗是不可能出現在硫磺島山頂上的。

　　在越南戰爭中，有一位著名的美國戰鬥英雄，為了保護自己和戰友的生命，為了國家的名譽，曾殺死了無數的敵人，子彈打完了，就用刺刀甚至徒手搏鬥。有一次，他照例取下一名死在自己拳頭下越南士兵的頭盔，發現有一張一位年輕婦女和嬰兒的照片，還有一封信，在翻譯的幫助下，知道這是一封給妻子和孩子的遺書的時候，這位鐵漢哭了，他深深地徹悟了。以往他痛恨的敵人，其實和自己一樣，是一個有血有肉，有感情的普通人。在戰爭結束的二十年之後，他終於找到了的那位越南士兵的家人，他重返越南，跪在她們的面前，承認自己就是殺人兇手，並把母子倆接到了美國，把孩子送進了大學，完成那位死去越南士兵的遺願。

　　但願純樸的人性和良知可以為這個世界帶來和平，這就是我在公墓前的祈禱。所有這些懷有純樸之心的人，在我心目中都是英雄！

為誰而戰

　　國殤日，又稱亡兵記念日，我陪著先生來到了位於San Bruno 的國家公墓，探望長眠在那兒的他的哥哥彼得。一眼望去，數不盡的白色墓碑，代表著每一個亡靈對戰爭無聲的控訴。其實活下來的戰爭倖存者，也無不受盡心靈的痛苦煎熬。尤其參加過越戰的將士，百分之七十的人希望能回到越南，死在那裡！因為當他們經歷過出身入死的戰爭，回到國家，發現國家早已不在乎他們，人民憎恨他們。他們成了萬夫指責的劊子手！當時所有從加州入伍的戰士，政府只是在奧克蘭請他們吃了一頓免費的牛排餐，就解散了，並告知他們，不要隨便透露自己的身分！

　　有一個真實的故事可以道出當時這種憎恨所強烈的程度：著名好萊塢明星簡方達在戰後跟隨代表團訪問在越南監獄的美軍戰俘時，收到了一位戰俘偷偷塞給她的一張紙條，希望她能夠向美國政府傳達他們在那兒受到的非人待遇。誰知簡方達卻把這張紙條交給了越南監獄當局，可憐那位戰俘，得到了聳人聽聞的迫害，他們用竹籤刺他的手指，用火燒，天天遭到鞭打。這位戰俘就是現在的總統後選人之一John McCaine。

　　我的先生是在越戰即將結束的時候被強徵入伍的，當時他正在就讀舊金山大學，而且享受全額的棒球獎學金，戰爭葬送了他的美好前程。他在軍中的任務是用直升機接送盟軍，但是他和他的戰友憑著自己的良心，在完成任務之後，救出了無數個受到戰火威脅的越南兒童，就在一次拯救行動中，他被炮火炸得遍體鱗傷，在醫院躺了七個月，身上縫了一千多針，還因為體內的一塊彈片太近心臟，不得已作了心臟體外循徊手術，才取出彈片，

他以堅強的意志生存了下來，可是當人們指著他鼻子罵他是Baby Killer的時候，他痛不欲生。

直到現在，只要一看到影片中的戰爭場面，他的鼻子就會聞到硝煙味，耳邊還是老響著母親在自己入伍前的哭喊聲：「我不讓你走，我不讓你走！」雖然她已去世多年。一看到軍人紀念碑，他的眼淚自然就會流下來，那上面有著許多他熟悉的名字。這也就是為什麼這麼多越戰將士想回越南的原因，只有那片沾滿了美軍鮮血的土地，才能見證他們為了什麼而戰，不是為了國旗，不是為了勛章，而是為了自己的同伴！

國殤日，不僅應該哀悼那逝去的生命，還有那被戰爭傷害和扭曲了的人性！

「我是同性戀」

　　對同性戀的認識，是看了李安的電影「喜宴」，最大的感觸是為影片中的男主角可惜，他身體、精神一切都正常，也沒有不幸的遭遇和慘痛的經歷，為什麼會放棄正常人的生活，當時令我百思不解。我對同性戀的看法，絕對尊重他們的性取向，但並不能完全接受從「喜宴」看到的同性戀者們親熱的畫面，覺得太違反自然規律了，所以這也是我沒有再去看李安的第二套有關同性戀的電影「斷背山」的原因，即便是這套影片得了奧斯卡金像獎。至於對同性戀在爭取自己的權力，例如婚姻的保障等，我不會投票贊成，既然他們已經反自然、反傳統，那何必去計較傳統的名分，不過我也不會去反對，因為每個人都有權力選擇怎樣的生活。

　　最近我對同性戀的態度不再是觀望旁觀了，而是積極地去瞭解他們，那是一位我所尊重的人在公開的場合大聲的表白：「我是同性戀」，引起了我的震動，也帶出了我的深思。

　　我正在大學讀的一門課程是通過美國的流行音樂去瞭解美國文化，在這期間，我「被逼」聽了很多我根本不欣賞的流行音樂，不過也確實學到了如何用多種角度去理解美國的文化。老師是一位三十多歲的白人女性，她敏銳的思路，幽默的口才，尤其是在許多問題的看法上和我的意見相同，使我對她備加讚賞，這次當我們討論到這一話題的時候，她問全班同學，身邊有無相熟的人是同性戀，我們全部搖頭，這時她笑盈盈地大聲表露了身分。全班都為她的這句話震動了！

　　她的親身體驗讓我更正了許多以前對同性戀的不正確看法，

其中最主要的是同性戀是生來俱有，他們不是違犯自然，他們的現狀是自然而然形成的；老師生長在一個非常幸福的家庭，父母都是大學教師，夫妻恩愛，她有四個兄弟姐妹，只有她一個人是同性戀，而她也是在十年美滿的婚姻之後才認識到自己的性取向，熱愛她的丈夫為了尊重她的意願和她離了婚，現在她有一位女朋友，生活得很幸福。她說，回顧自己整個生命歷程，只是在小時候玩家家的時候，她喜歡扮演爸爸的角色，並不是想當男人，而是想有一位太太，這可能是最初冒出不同性取向的信號。十年的婚姻，她並不感到不愉快，因為丈夫是一位非常好的人，但始終在心裡覺得這不是她要的生活。她認為，沒有人能控制自己的性取向，就像人們不能控制自己的身高和眼睛的大小一樣，但人有權力去享受自己所想要的生活和社會保障。

她的話有道理，想一想自己，我們家多數出的是科學家或是專業人士，偏偏只有我喜歡寫作，而且我是學工商管理的；我先生家族中沒有一個人喜歡運動，而他卻是拿了棒球的獎學金讀的大學，可以說我們倆是各自家族中的另類，但不能說我們不正常。同性戀也是人類性關係中的另類，是正常的自然現象，現代科學也證明瞭同性戀者的性取向絕對不是精神或感情因素造成的。

根據統計，同性戀者在人口總人數的十分之一，這還不包括沒有公開表露自己性取向的，估計真正的人數可能在十分之二左右，應該像尊重不同種族，不同信仰的人們一樣去尊重同性戀者們，如果可以儘量多瞭解他們，這才是一種正確的態度。

「我是同性戀」，在今天，當同性戀者公開大聲表露自己身分時，我們都會佩服他們的勇氣，其實在他們說出這句話時，都經過了漫長內心掙扎的心理歷程，就拿我的老師來說，她在十多

歲的時候，就朦朧地感覺到她不喜歡和男孩子交往，但她不敢去深究這個問題就是因為不相信這樣的事情會發生在自己身上，也為了證明這一點，所以她和異性結婚了。經歷十年的婚姻後，她才知道應該要面對真正的自己，她坦然地說，如果自己繼續隱藏（in the closet），仍然可以有一個過得去的生活，但她要的是美好的生活，那就必須先要過了自己這一關。

在今年奧斯卡金像獎頒獎典禮作主持人的愛倫‧德簡納拉斯（Ellen Degeneres）是另一個例子。愛倫是美國著名的喜劇演員及節目主持人，曾兩次獲得艾美獎，從上個世紀的八十年代末開始，連續多年，以她同名的喜劇節目深受大眾的歡迎，她在劇中扮演一位書店老闆，是一位同性戀者，用的也是她真實的名字；當在劇中的她，被另一位女同性戀者所吸引，同時對方也認為她是同道中人時，她極力否認，並不惜說謊，對身邊的人表示自己已經和異性發生了性關係，劇情發展至此，充滿了笑料，可是我卻一點都笑不出來，我能體會個中的苦澀。正像我們殘疾人為了證明自己並不差於健康人一樣，往往會付出常人想像不到的艱苦的努力，因為承認和大眾的不同是那麼的困難！在九七年的時候，電視劇中的愛倫經過反覆的思想鬥爭，終於決定公開（come out）自己同性戀的身分，真實生活中的她也作了同樣的決定，她真的是一個同性戀者，這在當時的美國的娛樂圈引起了相當大的反響和震動。

我相信，絕大多數的同性戀者並不是出於時髦或者反叛的因素才走上這一條路的，當他們已經走上了這一條路時，應該都很清楚自己的命運已經無法改變了。

但是當他們公開了自己的身分後會發生什麼事呢？可以說，他們會受到大多數人的友善對待，但遭到歧視也是難免的。就拿

老師來說，直到今天，在矽谷，她仍然接到要殺死她的恐嚇電話，她停在學校裡的車，也曾經被劃花過。而電視劇中的愛倫，在公開了自己的身分後，老是疑神疑鬼，認為周圍的人所說的每一句話、每一個眼神都是衝著她的身分而來的；而現實生活中的愛倫，在公開了身分後，因為過分地在自己一手製作和表演的電視節目渲染太多的同性戀，觀眾都厭倦了，以至電視臺取消了她的節目，連她自己也在螢光幕上徹底消失了，直到最近才重出江湖。她在奧斯卡金像獎頒獎典禮上的表演受到了好評，閉口不談同性戀，看來她已經吸取了教訓。

　　班上討論同性戀的問題已經兩個星期了，我真怕老師步愛倫的後塵，好在她還懂得適可而止，我們開始了美國文化的另一個話題。

賭博

　　澳門的讀者來信問我，對澳門的賭博業有何看法，說實話，我不認為發展賭博業有任何不妥的地方。賭博不僅是人類的一種娛樂方式，也是社交的一種媒介。如果賭博可以合法的規範，由政府監管賭博，確保開賭是公平及公正，為什麼要禁止呢？政府還可以通過徵稅，將賭博的收益回饋社會。在不少容許開賭的地方，博彩稅是政府重要的收入來源，有不少城市更是以賭場吸引遊客到訪。美國的拉斯維加斯、馬來西亞的雲頂和澳門都是。

　　當然賭博會帶來各種社會問題。尤其是沉迷賭博的人被稱為「病態賭徒」，病態賭徒更普遍有嚴重的自卑心理，希望藉由賭博獲得剎那勝利而尋回自我價值，因此債臺高築，甚至造成家庭問題。賭博背後的潛在危險亦被美國醫學界確認，有估計指成年人口中的百分之一至三的百分比可能是病態賭徒，每個病態賭徒平均會連累十人到十七人，主要是家人和朋友。賭博亦經常會帶來相連的高利貸、黑社會等等社會問題。

　　許多賭場及組織早就開始一系列的辦法，幫助客人克服或避免嗜賭。紐西蘭賭博問題基金會是世界同行中規模最大的一間，有六十位來自本地、歐洲、中國、韓國、馬來西亞和太平洋島國的職員。該基金會相信可以透過一系列免費服務來幫助及鼓勵客戶，透過個人保密約見，為賭博人士和其他受賭博影響的人士，提供諮詢／輔導服務。更有的政府實行強行禁止，例如在中國邊境，幾乎所有賭場所在國都規定，本國國民不許參賭。

　　東、西方文化的不同也給賭博業帶來不同的發展，美國內華達州的政府，把賭場和老人福利聯繫起來，在拉斯維加斯和雷

諾，許多賭場有這樣的政策，凡是在賭場兌現支票的老人，可以享用免費餐，或是免費的籌碼，並發行一種像信用卡紀錄卡，以時間為單位，向顧客贈送點數，憑著點數，顧客可以享受多種優惠。這樣一來，不光是老人們多了一個消遣的場所，賭場也保持了一定的客流量，尤其是在淡季，優惠更多。

有的賭場為孩子設立了遊戲場所，把尋求刺激的賭博變成了全家都可以參與的家庭興趣玩樂節目，賭場在所附設的酒店房間裡裝置了供孩子電子遊戲，讓不能跟隨父母去賭場玩的孩子們留在房間裡玩，還配備雙向電話，這樣孩子和父母隨時保持聯繫，還有的賭場設置孩子的遊樂場，並負責專人看管孩子，當然賭場這樣的作法，無非是為了讓客人安心的賭博，沒有後顧之憂，但因為孩子和家人在身邊，也確實保障了客人不會沉溺在賭桌上，另外讓孩子從小認為這只是遊戲的一種，決不是賺錢的方法。

凡事有利有弊，賭博也一樣，我們能做的，是要把弊的方面縮到最小，把利的方面擴到最大。

我愛美國

　　迎來了到美國後的第五個美國國慶。發現自己越來越愛這個國家，因為這個國家，給了我健康，給了我事業也給了我一個新的家。在這個世界不會找到任何盡善盡美的地方，美國也有很多令我們搖頭，令我們沮喪的地方，不過就像我不能去投訴那昂貴的醫藥費一樣，因為美國醫生醫好了我被香港醫院判了死刑的疾病，我們不能因為美國大兵仍在他國的土地上，就否認美國人民是和善友好的；就像我不能因為洋老公拒絕學中文，就認定他是歧視我一樣，我們不能因為有幾隻禿鷹吐出了髒話，就視而不見美國的藍天碧海。

　　前不久，北京大學教授季羨林老先生在人民日報海外版上著文大談愛國主義，他說有的中國知識分子「苦心孤詣千方百計想出國，有的甚至歸化為老外，永留不歸，背離愛國主義傳統」。他說對了，是的，我千方百計想出國，因為我要生存下去，我還沒能歸化為「老外」，已經想好了永留不歸，不過這樣恰恰是為了愛國，一個年近半百的傷殘失婚婦人，沒給中國政府增加一丁點困難，把可以享受福利的名額留給了自己同胞，在美國用宣傳中國文化得到的美金養活自己，還可以給在中國的父母捎帶一些美國貨補身醒腦，試問，誰敢說我不愛中國！那些所謂的傳統要不要都罷了！只要能為中國做些實事，我們抱著星條旗睡覺又有什麼大不了！

　　是時候把那些狹隘地愚忠包袱扔掉吧！入不入美國籍只不過人生路上一個技術性的問題，不要再為兩頭到不了岸煩惱，享受蕩漾於兩岸的風景之中吧！我們為什麼一定要去打破玻璃天花

板，玻璃天花板下面就曬不到陽光了嗎？是的，我們不可能做正宗的美國人，也沒有辦法過正宗的中國日子，但我自豪美國生活中國文化同時擁有，我們不是不中不西，我們是亦中亦西！有一位文壇前輩，認為我的作品，無論文還是繪畫，都活現了只有「混血」才有的特質，我欣然接受，因為絕大多數混血兒都是漂亮的。國慶，我一定舉杯慶賀，大喊：「美國我愛你！」你無私地接納了我，給了我重生的機會。因為你，我才能更好地報答自己的祖國，因為你，我更熱愛自己的文化，美國我愛你，愛你一生一世！

北美華文作家系列 26　PG1991

請留下彩虹
──一位精神貴族的人生啟示

作　　者／聶崇彬
責任編輯／鄭夏華
圖文排版／詹羽彤
封面設計／楊廣榕

發 行 人／宋政坤
法律顧問／毛國樑　律師
出版發行／秀威資訊科技股份有限公司
　　　　　114台北市內湖區瑞光路76巷65號1樓
　　　　　電話：+886-2-2796-3638　傳真：+886-2-2796-1377
　　　　　http://www.showwe.com.tw
劃撥帳號／19563868　戶名：秀威資訊科技股份有限公司
　　　　　讀者服務信箱：service@showwe.com.tw
展售門市／國家書店（松江門市）
　　　　　104台北市中山區松江路209號1樓
　　　　　電話：+886-2-2518-0207　傳真：+886-2-2518-0778
網路訂購／秀威網路書店：https://store.showwe.tw
　　　　　國家網路書店：https://www.govbooks.com.tw

2018年11月　BOD一版
定價：380元
版權所有　翻印必究
本書如有缺頁、破損或裝訂錯誤，請寄回更換

國家圖書館出版品預行編目

請留下彩虹：一位精神貴族的人生啟示 / 聶崇
彬著.-- 一版. -- 臺北市：秀威資訊科技,
2018.11
　　面；　公分. -- (北美華文作家系列 ; 26)
　　BOD版
　　ISBN 978-986-326-616-7(平裝)

855　　　　　　　　　　　　　　107017250

讀者回函卡

感謝您購買本書，為提升服務品質，請填妥以下資料，將讀者回函卡直接寄回或傳真本公司，收到您的寶貴意見後，我們會收藏記錄及檢討，謝謝！
如您需要了解本公司最新出版書目、購書優惠或企劃活動，歡迎您上網查詢或下載相關資料：http:// www.showwe.com.tw

您購買的書名：＿＿＿＿＿＿＿＿＿＿＿＿＿＿＿＿＿＿＿＿＿＿

出生日期：＿＿＿＿＿＿年＿＿＿＿＿＿月＿＿＿＿＿＿日

學歷：□高中 (含) 以下　　□大專　　□研究所 (含) 以上

職業：□製造業　□金融業　□資訊業　□軍警　□傳播業　□自由業
　　　□服務業　□公務員　□教職　　□學生　□家管　　□其它＿＿＿＿

購書地點：□網路書店　□實體書店　□書展　□郵購　□贈閱　□其他

您從何得知本書的消息？

　　□網路書店　□實體書店　□網路搜尋　□電子報　□書訊　□雜誌

　　□傳播媒體　□親友推薦　□網站推薦　□部落格　□其他＿＿＿＿＿＿

您對本書的評價：（請填代號　1.非常滿意　2.滿意　3.尚可　4.再改進）

　　封面設計＿＿＿　版面編排＿＿＿　內容＿＿＿　文／譯筆＿＿＿　價格＿＿＿

讀完書後您覺得：

　　□很有收穫　□有收穫　□收穫不多　□沒收穫

對我們的建議：＿＿＿＿＿＿＿＿＿＿＿＿＿＿＿＿＿＿＿＿＿＿

＿＿＿＿＿＿＿＿＿＿＿＿＿＿＿＿＿＿＿＿＿＿＿＿＿＿＿＿＿＿

＿＿＿＿＿＿＿＿＿＿＿＿＿＿＿＿＿＿＿＿＿＿＿＿＿＿＿＿＿＿

＿＿＿＿＿＿＿＿＿＿＿＿＿＿＿＿＿＿＿＿＿＿＿＿＿＿＿＿＿＿

11466
台北市內湖區瑞光路 76 巷 65 號 1 樓

秀威資訊科技股份有限公司　　　收

BOD 數位出版事業部

....

（請沿線對折寄回，謝謝！）

姓　　名：_____　年齡：_____　性別：□女　□男

郵遞區號：□□□□□

地　　址：_____

聯絡電話：(日) _____　(夜) _____

E-mail：_____